FRANK DREHMEL

Musikhaus „KURIOS"

Bibliografische Information der Deutschen Nationalbibliothek

Die Deutsche Nationalbibliothek verzeichnet diese Publikation in der Deutschen Nationalbibliografie; detaillierte bibliografische Daten sind im Internet über http://dnbd-nb.de abrufbar. Kapitel 1

Impressum
© 2015 Frank Drehmel
Herstellung und Verlag:
BoD-Books on Demand, Norderstedt

ISBN 978-3-7392-0227-3

Frank Drehmel

Musikhaus „KURIOS"

Kurzgeschichten

Spannend – Frivol – Extrem

Prolog

In meiner Ausbildung zum Musikkaufmann
faszinierten mich Musikinstrumente.
Später als Fachverkäufer vom Musikhaus
„Kurios" war ich erfreut über die facettenreiche Kundschaft, die mein Leben
positiv beeinflusste.
Als Chef vom Musikhaus „Kurios" hatte ich
täglich mit Problemen zu kämpfen, die mir
einen Anstoß zum Nachdenken verliehen.
Es ging so weit, dass mir ein Mitarbeiter eine
Stirnlampe, einen weißen Kittel und ein Stethoskop als Weihnachtsgeschenk überreichte.
Eigentlich hätte ich Psychologie studieren
müssen.

Inhaltsverzeichnis

1 Furz auf der Leiter 11

2 Das berüchtigte Bohrloch 14

3 Lagerist entpuppt sich als Sextäter 18

4 Nagel am Fuß 23

5 Splitternackte Frau am Verkaufstresen ... 31

6 Hämorrhoiden-Kühlung im Keller 36

7 Schwerverbrecher 39

8 Die Nachtparty 47

9 Der Dosentrick 55

10 Gewalttätiger Kunde im Laden 62

11 Auszubildende möchte Chef verführen 66

12 Der Kuchenverteiler aus Tirol 71

13 Die Vertreterschlampe 74

14 Wochenendreise mit Angestellten 77

15 Verheiratete Verkäuferin ist Nymphomanin 86

16 Der Tresor 91

17 Gitarre platzt beim Einpacken in tausend Stücke 96

18 Kundin möchte sexuelle Handlungen im Laden praktizieren 100

19 Betrunkener Fotograf 107

20 Bombenalarm im Musikhaus „Kurios"
    111

21 Klavierverkauf mit Scheidung 116

22 Mehr Schein als Sein 126

23 Einbruch in der Nacht 132

24 Die Weihnachtsfeier 136

25 Eine liebevolle Erpressung 140

26 Finale 149

1 Furz auf der Leiter

Es war kurz nach zehn Uhr am Vormittag, ein strahlend, blauer und warmer Sonnentag, mitten im Monat Juni. Das Musikhaus hatte erst seit wenigen Minuten geöffnet. Eine sehr gut gekleidete, ältere Dame um die sechzig Jahre betrat das kuriose Haus. Man bekam sofort den Eindruck, dass es sich hier um eine prominente Persönlichkeit handeln musste. So war es dann auch. Schnellen Schrittes begab sie sich zum Info-Tresen: »Ich benötige ganz dringend Noten für Gesang von Wolfgang Amadeus Mozart.«

Soweit, so gut. Die junge, freundliche Verkäuferin wies ihr den Weg zur Noten-Abteilung, wo sie mit zügigen Schritten hinging. Dort wartete ein alter, dicker Notenverkäufer mit einer auffallend großen, schwarzen Kassenbrille auf sie. Sein Alter lag so um die siebzig Jahre, er war mit einem grau karierten Anzug mit breiter Krawatte gekleidet.

»Guten Morgen gnädige Frau, was darf ich für Sie tun?«, fragte er in einem kaum zu verstehenden Berliner Dialekt.

»Ich hätte gern die Gesangsnoten von Wolfgang Amadeus Mozart, die Entführung aus dem Serail für Sopranstimme. Bitte, wenn es Ihnen nichts ausmacht, bitte schnell«, antwortete sie ihm. »Ich benötige die Gesangsnoten für einen heutigen großen Auftritt in der Oper.«

Der alte Notenverkäufer nahm eine Sechs-Stufen-Leiter und begann den Aufstieg ins hochgelegene Notenregal, sodass er mit seinem Hintern genau auf Höhe ihres Gesichts stand. Nervös wühlte er oben auf der Leiter in den Noten, um die gewünschten Gesangsnoten zu finden.

Sie trat nun von unten noch näher an ihn ran und sagte: »Finden Sie die Noten nun oder haben Sie ein Problem damit?«

Stille. Von der Leiter keine Antwort. Es wurde ganz ruhig. Sie schaute jetzt fordernd zu ihm nach oben. Genau in diesem Moment gab es ein starkes Donnern und Zischen aus seinem Anzug, als hätte ein Dampfer abgelegt. Ohne Ende. Es ging in lauten und langen Intervallen bestimmt eine halbe Minute lang. Ein riesenlanger Furz, der sich aus seinem Darm entwickelt hatte. Nach dreißig Sekunden war die Kundin regelrecht betäubt von diesem Riesenfurz des alten Notenverkäufers, der ihr genau ins Gesicht wehte, und verließ, irritiert, ohne ein Wort zu sagen, wutentbrannt das kuriose Haus...

Anmerkung des Autors: Hier kam die Entführung nicht aus dem Serail, sondern aus dem Darm!

2 Das berüchtigte Bohrloch

Der Tag hatte gut begonnen. Am Vormittag wurde eine zentnerschwere neue Drehbank angeliefert. Ein Elektriker installierte in der Werkstatt, die sich in den Verkaufsräumen befand, die vorgeschriebene 380-Volt-Stromleitung und schon war die langersehnte Drehbank betriebsbereit. Ein freudiges Ereignis, endlich waren wir in der Lage, auch schwierige Reparaturen an Blasinstrumenten durchzuführen.

»Wo bringen wir die ganzen Zubehörteile unter?«, fragte mich der Leiter der Blasinstrumenten-Werkstatt.

Eine Idee war schnell gefunden. »Genau über der Drehbank«, antwortete ich.

»Prima Idee, dass machen wir gleich«, antwortete er. Eine Ablage für das Zubehör hatte er bereits gefunden. Jetzt musste sie nur noch angebracht werden. »Mit der Bohrmaschine sind die vier kleinen Sechs-Millimeter-Bohrlöcher schnell erledigt, größere Dübel brauchen wir nicht, die Zubehörteile haben kaum Gewicht.«

»Na, das klappt ja gut«, sagte ich nach dem dritten fertigen Bohrloch.

Beim letzten Ansetzen der Bohrmaschine jedoch hörten wir ein klirrendes, metallisches Geräusch.

»Da ist irgendetwas, ich komme nicht weiter mit dem Bohrer.« Er bohrte mit aller Kraft, bis er die Dübeltiefe erreicht hatte. Gerade wollte er den Dübel in das Bohrloch stecken, da schrie er laut: »Scheiße, da kommt Wasser raus, heißes Wasser!«

Alle Mitarbeiter stürmten zur Werkstatt, um sich den Schaden anzusehen. Schockiert standen sie alle um das Bohrloch herum. Niemand hatte in diesem Augenblick eine spontane Idee.

Das Wasser war verdammt heiß und spritzte in einem dünnen, druckvollen Strahl durch die Werkstatt. Wir versuchten, den heißen Wasserstrahl mit einem Holzkeil zu stoppen, was uns jedoch nicht gelang.

»Ich schlage jetzt die Mauer auf, wir müssen an das Rohr rankommen«, sagte der Werkstattleiter und vergrößerte mit einem Vorschlaghammer das Bohrloch, sodass wir jetzt das freigelegte Wasserrohr erkennen konnten. »Um Gottes Willen«, brüllte er. »Wir haben das Warmwasser-Heizungsrohr vom ganzen Miethaus durchbohrt!«

Inzwischen war der komplette Boden in

der Werkstatt nass und ich machte mir große Sorgen, dass es einen Kurzschluss der neu gelegten 380-Volt-Leitung geben könnte, die unmittelbar neben dem Bohrloch verlief.

»Alle Sicherungen sofort rausschrauben«, brüllte ich einen Techniker an, der neben mir stand.

Der heiße Wasserstrahl wurde von Minute zu Minute immer größer und druckvoller. Das heiße Wasser lief nun auch in den Verkaufsraum, wo viele teure Musikinstrumente standen. Wenn aus allen vier Etagen weiterhin das heiße Heizungswasser mit gewaltigem Druck durch das Bohrloch schießt, wird das kein Musikhaus mehr sein, sondern ein kurioses Schwimmbad mit einem Millionenschaden, höchste Alarmstufe, dachte ich.

Vergeblich versuchten die Mitarbeiter, das Bohrloch mit verschiedenen Holzkeilen und Lappen zu stopfen, aber der enorme Druck des heißen Wassers war zu stark.

Mir fiel ein, dass heute früh die Müllabfuhr auf dem Hof war und die Tonnen geleert hatte.

»Sechs Mann kommen mit mir mit in den Hof«, sagte ich erregt.

Wir holten uns sechs leere Müllbehälter aus Kunststoff und rannten mit den Tonnen in den Laden zurück. Nacheinander setzten wir die Mülltonnen an den Wasserstrahl an und füllten sie bis zum Rand mit dem heißen Wasser. Die schwere Wasserladung kippten wir auf der Straße aus und füllten die Mülltonnen immer wieder neu. Nach drei Stunden harter Arbeit waren alle sechs Mitarbeiter am Ende ihrer Kräfte angelangt.

Ich sah jetzt dieses riesige aufgestemmte Loch in der Wand, wo das Heizungswasser jetzt nur noch aus dem Rohr tröpfelte. Wir hatten es geschafft! Sofort beauftragte ich telefonisch einen Installationsnotdienst, der um ein Uhr in der Nacht das Bohrloch verschweißte. Einige Instrumente wurden am nächsten Tag der Versicherung als Wasserschaden gemeldet.

An das kuriose Bohrloch wollte sich niemand mehr gern erinnern. Erstrecht nicht unser Leiter der Werkstatt, er nahm nach diesem Ereignis nie wieder eine Bohrmaschine in die Hand.

3 Lagerist entpuppt sich als Sextäter

Jeden Vormittag war es unsere Aufgabe, die Warenbestände wieder aufzufüllen und zum Verkauf vorzubereiten. Im Keller des Musikhauses befand sich ein großes Lager mit einem Packtisch. Wie auch an jeden anderen Tag war das Lager nur von einer Person, unserem Lageristen besetzt. Ein sehr fleißiger und ehrgeiziger Mann, Mitte fünfzig, der seine Aufgabe als Lagerist bestens erfüllte. Die Angestellten hatten nie ein schlechtes Wort über ihn verloren. Er war alleinstehend, gepflegt und immer sehr höflich. Auffällig war sein zurückhaltendes Verhalten, wenn es im Kollegenkreis mal um erotische Witze oder Erlebnisse ging, die sie sich erzählten.

Im Frühling, die Zeit, in der wir Auszubildende neu einstellten, meldete sich auch ein hübsches junges Mädchen, die eine Ausbildung als Kauffrau bei uns beginnen wollte.

Fräulein Monika Friese spielte mehrere Instrumente und hatte ein sehr freundliches Auftreten. Wir entschieden uns für Monika und sie sagte, dass ihr größter Wunsch, in einem Musikhaus zu arbeiten, in Erfüllung gegangen ist.

Die ersten Tage wurde Monika mit den täglichen Abläufen im Musikhaus vertraut gemacht und schon in der zweiten Woche konnte sie mit Unterstützung eines Kollegen Gitarren (ihr Lieblingsinstrument) zum Verkauf vorbereiten. Sie fühlte sich sehr wohl bei uns und das sah man ihr auch an. Voller Freude bediente Monika schon nach kurzer Zeit ihre ersten Kunden und sagte mir oft: »Ich bin so glücklich, dass Sie mich als Auszubildende angenommen haben.«

An einem Montag im April, es war kurz vor der Mittagspause, ging Fräulein Friese die Treppe runter ins Warenlager. Sie hatte gerade ihre erste Konzertgitarre verkauft und wollte noch vor der Mittagspause die gleiche Gitarre wieder aus dem Lager holen, um sie für den Verkauf vorzubereiten. Ein Kollege wollte mit ihr in der Mittagspause etwas essen gehen und wartete oben im Verkauf auf sie. Fräulein Friese kam jedoch nicht mehr aus dem Lager zurück. Stattdessen hörte der Kollege einen schrillen, lauten Aufschrei von ihr aus dem Lagerkeller. Er sah, wie sie mit hochrotem Kopf und Tränen in den Augen die Kellertreppe hochrannte. Er wollte sie ansprechen, als sie oben ankam, aber sie rannte an ihm vorbei. Verdutzt blieb er stehen und sah, wie sie in die erste Etage ins Büro rannte.

»Machen Sie bitte auf«, schrie sie und klopfte an meine Bürotür.

Ich war erschrocken, denn ihre Stimme klang sehr erregt und traurig. Ich drückte auf meinen Türöffner und sah ein irritiertes junges Mädchen vor mir. Sie weinte unaufhörlich und ich hatte den Eindruck, dass ihr etwas ganz Schlimmes zugestoßen sein musste.

»Was haben Sie? Was ist passiert?«, fragte ich sie und dabei bemerkte ich, dass sie nun noch mehr weinte. »Sagen Sie mir jetzt bitte, was passiert ist«, forderte ich sie auf.

Als ich mit ihr redete, bemerkte ich, dass sie sich langsam von der Aufregung erholte. Fräulein Friese sah mich mit ihren verweinten Augen an und zögerte mit ihrer Antwort.

»Ich möchte es jetzt sofort wissen«, sagte ich zu ihr.

»Ich ging in den Lagerkeller und wollte eine neue Gitarre für den Verkauf holen. Als ich die Gitarre gefunden hatte, bin ich dann am Packtisch vom Lageristen vorbeigegangen. Er stand vor mir und schaute mich mit einem starren Blick an.«

»Ja und weiter, das ist doch kein Grund zum Weinen.«

»Soll ich Ihnen das wirklich weiter erzählen?«

»Ja, erzählen Sie alles.«

»Aus seinem Kittel schaute sein langer, steifer Schwanz heraus, den er mit der Hand hin und her bewegte«, erklärte sie mir.

Mir stockte der Atem, hatte ich doch alles erwartet, aber nicht so etwas in meinem Musikhaus. Ich tröstete sie noch eine Weile, schickte sie dann nach Hause und versprach ihr, die Sache sofort zu klären.

Am Nachmittag bestellte ich den Lageristen zu mir ins Büro und überreichte ihm wortlos seine fristlose Kündigung.

Am nächsten Morgen meldeten sich die Eltern von Fräulein Friese bei mir im Büro. Erbost erklärten sie mir, ich hätte meine Aufsichtspflicht verletzt und dass ihre Tochter die Ausbildung bei mir im Musikhaus sofort beenden wird. Ich bestellte sie mitsamt ihrer Tochter ins Büro und erklärte ihnen, dass der Lagerist noch gestern Nachmittag fristlos entlassen wurde und nie mehr das Musikhaus betreten wird. Ich sah eine große Erleichterung in den Gesichtern der Eltern und ihrer Tochter. Unsere Auszubildende bestand nach drei erfolgreichen Ausbildungsjahren ihre Kaufmanns-Prüfung und war noch viele Jahre, bis zu ihrer Schwangerschaft, bei uns im

Musikhaus tätig. Nur das Lager im Keller war ihr weiterhin mysteriös. Sie überließ das Auffüllen der verkauften Instrumente aus dem Lagerkeller ihren Mitarbeitern. Zu tief saß dieser Schock noch Jahre danach.

4 Nagel am Fuß

Die Nachfrage nach Musikunterricht für Kinder war beeindruckend. Wir waren gezwungen, unsere oberen Geschäftsräume neu zu gestalten und eine Kindermusikschule zu integrieren. Es sollten zwei neue Unterrichtsräume entstehen: Für Kinder, die schon seit Wochen auf Musikunterricht warteten, jedoch immer wieder wegen Platzmangel vertröstet wurden.

Die Wände in unserem Altbauhaus aus der Jahrhundertwende waren extrem hoch und verlangten eine gute Bauplanung. Ich beauftragte eine Baufirma, die eine Zwischenwand einbauen sollte. Wir wollten aus dem großen Raum in der ersten Etage zwei kleinere Unterrichtsräume machen. Die Baufirma baute am ersten Tag nach Auftragserteilung ein Holzgerüst aus schweren Dachlatten für die Zwischenwand. Daran sollten dann Rigipsplatten befestigt werden und als Verkleidung dienen.

Ich war zufrieden mit der schnellen Ausführung des Bauvorhabens am ersten Tag. Voller Tatendrang schaute ich mir am Nachmittag das Holzgerüst an, welches nun den großen Raum in zwei kleine Räume teilte. In der unteren Etage, den Verkaufsräumen, waren zu der Zeit alle Mitarbeiter stark beschäftigt. In der oberen Etage sah ich nun dieses neu entstandene Gebilde aus Holz, verbunden mit riesigen, achtzehn Zentimeter langen Zimmermanns-Nägeln. Wenh morgen noch die Rigipsplatten befestigt werden, haben wir endlich zwei neue Räume, dachte ich.

In diesem Moment spürte ich einen starken Schmerz aus meinem Fuß. Ich blieb sofort stehen und schaute auf meine weißen Schuhe. Auf dem ersten Blick konnte ich nichts erkennen, ich sah nur, dass ich mit dem rechten Fuß auf einer Dachlatte stand.

Etwas glitzerte auf dem rechten Schuh, ich beugte mich langsam nach vorn und sah einen riesigen, achtzehn Zentimeter langen Zimmermannsnagel, der oben aus meinem rechten Schuh hinausragte.

Ich sah mich jetzt in Gedanken auf der Rettungsstation liegen, mein weißer, rechter Sommerschuh hatte sich durch das viele Blut in ein leuchtendes Rot verfärbt und ich schrie vor starken Schmerzen, als ein Chirurg den riesigen langen Nagel aus meinem Fuß zog. Dann sah ich eine große Spritze ...

Aber ich stand jetzt hier allein, in der ersten Etage, niemand war da. Wie komme ich zum Telefon, um Hilfe zu holen? Wie gefährlich war überhaupt diese ganze Situation? Wo ist der Nagel durchgegangen? An den Zehen vorbei oder etwa durch eine Arterie unter der Fußsohle? Warum sehe ich noch kein Blut aus dem Schuh rinnen? Fragen über Fragen, mir wurde übel bei diesen Gedanken.

Ich musste es schaffen, in mein Büro zu gelangen, das nur zwanzig Meter entfernt war. Ich dachte an meinen Langlauf-Ski zu Hause, genauso sah das jetzt hier an meinem Fuß aus, mit der Dachlatte unter dem Schuh. Der Schmerz war auszuhalten und ich glitt mit der ein Meter langen Holzlatte ganz langsam zu meinem Büro. An der Türschwelle sah ich, wie sich erste Blutstropfen am Nagel zeigten.

Immer Hochlagern das Bein, hätte mein Vater, der Arzt war, jetzt zu mir gesagt. Aber er war nicht mehr unter uns. Ich legte mein rechtes Bein vorsichtig auf den Schreibtisch und schaute wie erstarrt auf den silbernen Nagel, der um die zehn Zentimeter aus dem Schuh ragte. Die Holzlatte muss dranbleiben, schoss es mir immer wieder durch den Kopf. Ich musste erst mal selbst mit mir klarkommen und wollte im Augenblick niemanden sehen. Erst mal hier im Büro meine Situation ganz allein durchdenken, dachte ich.

Durch ein ganz leichtes Bewegen meiner rechten Zehen wollte ich nun die Position des Nagels einschätzen, aber ich spürte keinen Widerstand in den Zehen. Also musste der Nagel das Fußbett durchbohrt haben. Das wäre die schlechteste Variante, dachte ich und meine Gedanken waren wieder in der Rettungsstation, wo man mich gerade für die OP vorbereitete. Das möchte ich jetzt nicht durchmachen, und stellte mir vor, wie mich die Feuerwehr auf einer Trage durch die gut besuchten Verkaufsräume transportierte. Auf keinen Fall wollte ich für so ein Aufsehen sorgen.

Es klopfte an meiner Bürotür. Es war eine meiner Kassendamen aus dem Verkaufsraum, sie brachte mir mehrmals täglich, zur Sicherheit, die Einnahmen nach oben in mein Büro. Sie legte das Bargeld auf den Tisch und schrie: »Hilfe, was haben Sie denn da, soll ich einen Krankenwagen rufen?«

»Nein, Sie gehen jetzt ganz brav wieder nach unten an die Kasse und erzählen niemandem etwas davon, was Sie gerade gesehen haben.«

»Ja, gut, mache ich, aber Sie brauchen doch schnelle Hilfe, ich kann das gar nicht mit ansehen«, sagte sie und rannte raus.

Ich hoffte, dass sie jetzt nicht das ganze Haus alarmierte und jeder wusste, was sich hier oben gerade abspielt.

Es dauerte keine fünf Minuten, da klopfte es erneut an meiner Bürotür und eine von Neugier erfüllte Mitarbeiterin stellte mir eine belanglose Frage.

»Ich möchte nicht gestört werden«, sagte ich durch die Tür.

Sie hörte nicht auf mein Bitten und machte meine Bürotür auf. Schockiert schaute sie zuerst auf die am rechten Schuh befestigte Dachlatte, kam näher an meinen Schreibtisch ran und entdeckte an der oberen Seite meines Schuhs den spitzen, langen Nagel, der den Fuß durchbohrt hatte. »So etwas Schlimmes habe ich ja in meinem ganzen Leben noch nicht gesehen, Sie müssen dringend ins Krankenhaus, ich rufe den Krankenwagen«, sagte sie.

»Nein, auf gar keinen Fall, das Haus ist voller Kunden, lassen Sie das bitte sein.«

»Dann sag ich wenigstens Ihrem Bruder Bescheid.«

»Ja, aber bitte nur mein Bruder soll hier nach oben kommen, kein anderer«, antwortete ich ihr eindringlich.

Das war schon wieder alles viel zu viel Gerede, ich wollte doch nur kurz mal allein sein, dachte ich.

Inzwischen hatte sich unten im Verkauf mein Zustand wie ein Lauffeuer herumgesprochen und es dauerte keine Minute, da standen plötzlich fünf bis sechs erregte Mitarbeiter um meinen Schreibtisch herum. Schockiert und hilflos verließen sie nacheinander, ohne ein Wort zu sagen, ganz schnell wieder mein Büro. Ich war wieder allein, aber noch keinen Schritt weiter gekommen mit meiner neuen und gefährlichen Situation.

Jetzt erschien der Abteilungsleiter (mein Bruder) in meinem Büro. Mit ernster Miene und sehr sachlich begutachtete er meinen Fuß. Wir beratschlagten, was das Beste für mich wäre. Uns blieben letztendlich nur zwei Möglichkeiten. Die erste Möglichkeit, die wir sahen, war ein Rettungswagen, der mich ins Krankenhaus bringt. Die zweite Möglichkeit war, selbst Hand anzulegen und den langen Zimmermanns-Nagel vorsichtig aus meinem Fuß zu ziehen. Es gab eine kurze, rege Diskussion. Mein Bruder bestand darauf, einen Rettungswagen zu rufen. Das wollte ich unbedingt verhindern, wegen der vielen Kunden im Verkaufsraum. Wir einigten uns, dass mein Bruder ganz allein versuchen sollte, den

Nagel aus dem Fuß zu ziehen. Aus der Werkstatt im Musikhaus besorgte er sich eine Zange, einen kleinen Hammer und einen großen Verbandskasten. Er schloss das Büro ab, damit wir ungestört waren. Er legte vorsorglich schon mal die großen Druckkompressen aus dem Verbandskasten bereit. War der lange Nagel direkt durch die Arterie gestoßen? Oder hatte sie verletzt? Und erst jetzt, beim Ziehen des Nagels, schießt uns das Blut entgegen? Wir wussten beide nicht, was uns erwarten würde. Es war der reinste Nervenkrieg.

Ganz vorsichtig klopfte ich mit dem kleinen Hammer von oben auf den spitzen Nagel. Ganz langsam, Millimeter für Millimeter. Unter der Dachlatte an meinem Schuh wartete mein Bruder gespannt darauf, dass er den Kopf des Nagels mit der Zange fassen konnte. Aufregende und angespannte Minuten, die höchste Konzentration und filigrane Fingerfertigkeit verlangten, standen uns bevor. Er konnte mit der Zange nun den langen Nagel ganz langsam rausdrehen, ich sah von oben, wie der Nagel langsam wieder im Schuh verschwand. Nach fünf Minuten voller Konzentration hatten wir den Nagel aus dem Fuß entfernt.

Erstaunt, dass überhaupt kein Blut floss, schaute sich mein Bruder diese beiden riesigen Löcher an der Fußsohle und am Fußrücken an. Wir freuten uns beide, umarmten uns und er kippte mir noch etwas Jod über die Wunden.

Am nächsten Tag ging ich zum Arzt und mein Fuß wurde geröntgt. Der Arzt teilte mir mit, dass ich außerordentliches Glück hatte, da der Nagel direkt zwischen zwei Mittelfußknochen hindurchging und somit die umliegenden großen Blutgefäße nicht verletzte.

Den achtzehn Zentimeter langen Zimmermanns-Nagel habe ich als Souvenir behalten.

5 Splitternackte Frau am Verkaufstresen

Mundharmonika zu spielen, ist ein beliebtes Hobby. Es erfordert nicht allzu viel Übung, um nach wenigen Stunden schon einige Lieder zu spielen. Unser Haus hatte sich darauf eingestellt und sehr viele, auch kleinere Anfänger-Modelle hinter der Ladentheke zum Verkauf angeboten.

An einem Hochsommertag im Juli war ich gerade dabei, am Verkaufstresen, direkt neben der Eingangstür, die Lagerbestände der Mundharmonikas zu prüfen. Als die Türklingel läutete, drehte ich mich um und sah, wie zwei Frauen das Musikhaus betraten. Eine der beiden war um die fünfzig Jahre, auffällig groß und schlank, die andere eher klein und mollig und um die fünfundvierzig Jahre alt. Sie sahen auf den ersten Blick wie zwei Schwestern aus.

Wahrscheinlich irritierte mich ihre einheitliche Kleidung. Beide waren mit weißen Sommerblusen und knielangen, roten Faltenröcken bekleidet. Ein ungewöhnliches Paar, dachte ich und begrüßte sie. »Guten Tag, was kann ich für Sie tun?«, fragte ich.

Beide schauten sich verwundert an, als hätten sie mich nicht verstanden.

»Do you speak english?«, fragte ich erneut.

»Nein, Sie können ruhig in Deutsch mit uns reden. Meine Freundin möchte gern eine Mundharmonika für Anfänger kaufen«, antwortete die kleinere, mollige.

Ich präsentierte den beiden Frauen dann einige unserer preiswerten Anfängermodelle und sie wurden auch bald fündig.

»Diese nehmen wir«, sagte die kleinere Frau zu mir und zeigte auf ein Plastikmodell der untersten Preisklasse. Sie zahlte dann auch sofort und die große Blonde nahm ihr die Mundharmonika aus der Hand und packte sie aus.

»Ich möchte jetzt mal darauf spielen«, sagte sie zu ihrer Freundin.

»Das können wir doch gleich zu Hause ganz in Ruhe machen«, erwiderte die Mollige.

Ich schmunzelte beide an und sah plötzlich, wie sich die lange Blonde ihrer weißen Bluse entledigte. Kaum hatte ich es registriert, schlug ihr BH auf dem Kassentisch auf und ich sah ihre großen, nackten Brüste mit den imposanten, riesigen Brustwarzen direkt vor mir. Meine Kassiererin, die neben mir an der Kasse stand und gerade das Wechselgeld auffüllte, stand wie versteinert da und brachte kein Wort heraus. Schließlich war ihr die Situation so extrem peinlich, dass sie den Verkaufstresen fluchtartig verließ.

Nun stand ich allein da, an der Kasse mit zwei Frauen, eine davon halbnackt. Im Hintergrund bemerkte ich, dass Angestellte und Kunden die Situation amüsant verfolgten. In Sekundenschnelle ging mein Blick wieder zur halbnackten Frau. Diese stöhnte jetzt und zog nun auch noch ihren roten Rock aus. Jetzt muss etwas geschehen, sonst steht das Morgen dick in der Presse, dachte ich.

»Bitte ziehen Sie sich sofort wieder an, das geht zu weit«, sagte ich zu ihr.

Die Freundin lächelte mich daraufhin nur an und zuckte mit den Schultern.

»Ziehen Sie sich bitte wieder an und verlassen das Haus«, versuchte ich, ihr klarzumachen. Das Gegenteil hatte ich erreicht. Sie stöhnte nun wieder ganz laut am Kassentresen und lächelte vor sich hin. Wie eine Stripperin in einer Sex-Bar zog sie jetzt auch noch ihren Slip aus und stand nun splitternackt vor dem Verkaufstresen.

Ich kochte vor Wut und es versammelten sich immer mehr Kunden und Angestellte vergnügt um das Geschehen. Ich musste jetzt endlich handeln, wie immer, wenn man von all seinen Mitarbeitern in Notsituationen alleingelassen wird. Neben mir stand Herr Schulz aus der Gitarrenabteilung, dem der Anblick dieses nackten Geschöpfes wichtiger war, als der Ruf des Hauses.

»Herr Schulz, bitte holen Sie sofort eine Autodecke aus dem Lager«, sagte ich zu ihm.

Herr Schulz ging los und holte eine große Decke, die wir sonst als Polsterung für Instrumenten-Transporte benötigten. Was sollte ich jetzt noch tun, um die Lage nicht eskalieren zu lassen?

Die Feuerwehr wurde gerufen, die uns einen Rettungswagen schickte. Herr Schulz brachte die Autodecke und ich versuchte, die Frau damit abzudecken. Es war sinnlos, sie wehrte sich energisch und wollte unbedingt nackt bleiben.

Als das Blaulicht des Rettungswagens durch das Schaufenster zu sehen war, beruhigte ich mich innerlich. Nur noch höchstens zwei Minuten, dann hast du es wieder einmal geschafft, sagte ich zu mir. Inzwischen war es mir mit unserem Kollegen Herrn Schulz gelungen, die nackte Blonde in die Autodecke einzuwickeln. Ihre Freundin war inzwischen aus dem Laden gerannt, als sie das Blaulicht der eintreffenden Feuerwehr bemerkte. Die nackte Kundin wurde dann mit der Feuerwehr zur Untersuchung ins Krankenhaus eingeliefert.

6 Hämorrhoiden-Kühlung im Keller

Der Umsatz unserer Notenabteilung stieg von Jahr zu Jahr. Wir waren personell an einer Belastungsgrenze angelangt. Wir benötigten schnellstens einen neuen versierten Mitarbeiter für diese Abteilung. Unser Notstand hatte sich in Fachkreisen herumgesprochen. Es dauerte nicht lange, bis die ersten Bewerbungen eintrafen, die wir wegen zu geringer Fachkenntnisse der Bewerber ablehnten. Es war nicht einfach, der Neuzugang sollte ins Team passen, sehr gute Kenntnisse mitbringen und ein gepflegtes Äußeres besitzen.

Ein Spontanbesuch eines versierten Notenverkäufers der Konkurrenz brachte dann den Durchbruch. Wir entschieden uns für den „blonden Engel". Diesen Spitznamen hatten wir ihm gleich schon am ersten Tag verpasst. Ein versierter Notenverkäufer um die dreißig Jahre, schlank, der stets weiße Kleidung trug. Von hinten sah er aus wie eine Frau mit langen blonden Haaren. Einige Kunden wussten nicht ganz genau, welchem Geschlecht sie ihn zuordnen sollten.

Der „blonde Engel" arbeitete sich sehr schnell und gut in seinen Arbeitsbereich ein und wurde schon nach einigen Monaten Leiter der Notenabteilung. Allerdings fiel einigen Kollegen auf, dass er sich nie abends nach Feierabend auf ein Bierchen mit ihnen treffen wollte. Er hatte immer eine Ausrede parat.

An einem Nachmittag im Herbst, im Haus herrschte gerade Hochbetrieb und alle Mitarbeiter waren beschäftigt, vermissten wir ihn. Ein Kunde hatte Noten bestellt und wollte zum „blonden Engel", um sie abzuholen.

»Ist denn Ihr Notenverkäufer mit den langen blonden Haaren heute nicht im Geschäft?«, fragte er die Verkäuferin am Tresen.

»Doch, der ist da, aber warten Sie bitte einen Augenblick, ich schaue Mal nach ihm.«

Er wurde über die Sprechanlage ausgerufen, ohne Erfolg, und niemand hatte ihn in den letzten Minuten gesehen.

»Hier warten nun schon mehrere Kunden in der Notenabteilung, wissen Sie, wo „Blondie" ist?«, fragte sie mich über unsere Gegensprechanlage.

»Nein, das kann ich Ihnen auch nicht sagen, ich dachte, er ist in seiner Abteilung«, antwortete ich.

Bevor jetzt im Verkauf das große Chaos ausbricht, ist es wohl besser, wenn ich bei der Suche mithelfe, dachte ich und machte mich auf den Weg. Da man die Verkaufsräume schon teilweise nach „Blondie" erfolglos absuchte, wollte ich mein Glück mal im kleinen Lagerkeller versuchen. Irgendwo musste er doch sein, denn abgemeldet hatte er sich nicht.

Ich ging aus meinem Büro in Richtung Notenlager, das am hinteren Ende eine Sicherheitstür zum Lagerkeller hatte. Diese Tür war aus Sicherheitsgründen am Tage nie verschlossen. Schwungvoll öffnete ich die Tür und sah im Halbdunklen eine helle Gestalt auf der Kellertreppe hocken. Ist es ein Traum oder traue ich meinen Augen nicht, dachte ich. Als ich mich näherte, erkannte ich den „blonden Engel". Er hockte auf einer Treppenstufe. Seine weiße Jeans und seinen Slip hatte er sich bis zu den Knöcheln heruntergezogen. Ich sah seinen nackten weißen Arsch in der Hockstellung. In seinem After steckte eine Cola-Flasche, die bis zur Hälfte in seinem Loch versenkt war.

»Was machen Sie denn da?«, brüllte ich ihn an.

Er schaute mich an und antworte nüchtern: »Ich kühle meine Hämorrhoiden.«

Am nächsten Tag schickte er mir aus Scham seine fristlose Kündigung.

7 Schwerverbrecher

Das Wichtigste für mich am Morgen ist es, nach dem Joggen genug Zeit für ein gesundes und ausgedehntes Frühstück einzuplanen. Mit zwei gekochten Eiern, frischem Obst und natürlich viel Kaffee. Auch zwei bis drei frisch gedruckte Tageszeitungen gehören dazu, um mich mental zu stärken, für die immer wieder neuen Herausforderungen in diesem kuriosen Musikhaus.

Wie jeden Morgen las ich auch heute meine drei Zeitungen. Doch heute war alles ganz anders. Alle drei Zeitungen hatten die gleiche entsetzliche Schlagzeile auf der Titelseite: „Grausamer Doppelmord in Villa! Täter erschlägt Ehepaar mit Beil". Ebenso war ein markantes Bild vom Mörder abgebildet, da er in der Villa seinen Personalausweis verloren hatte. Des Weiteren waren einige Schmuckstücke, Luxusuhren und eine sehr teure Akustik-Gitarre mit einem Polyesterkorpus, die er nach der grausamen Tat entwendet hatte, in einer der Zeitungen abgebildet. Ich war sehr traurig an diesem Morgen und fuhr, wie jeden Morgen, mit dem Taxi ins Musikhaus. Unterwegs musste ich ständig an das Beil (die Tatwaffe) denken, wie brutal doch Menschen sein können.

Es war früh am Vormittag, gegen zehn Uhr, und wir öffneten das Musikhaus. Es sollte ein guter Tag werden. Die Sonne strahlte schon am Vormittag durch die vielen Schaufenster und verbreitete eine harmonische Stimmung im Musikhaus.

Gerade in meinem Büro angekommen, das sich im ersten Stockwerk des Musikhauses befand, ertönte plötzlich die Gegensprechanlage: »Kommen Sie bitte mal nach unten, es geht um einen Ankauf.«

»Okay, ich komme«, sagte ich und lief die Treppen runter zum Verkaufsraum. Jetzt sah ich etwas, was mich bis heute in meinen Träumen verfolgt. Da stand er vor mir, der Doppelmörder mit dem Beil aus der Zeitung.

Nein, es ist kein Traum, keine Verwechslung, kein Film und auch keine Einbildung. Es ist die pure Wirklichkeit, mit der du jetzt konfrontiert bist, sagte ich zu mir selbst, um die momentane Situation erst einmal zu begreifen. Sekundenschnelle, brutale Bilder vom erschlagenden Ehepaar und dem blutverschmierten Beil aus der Zeitung flimmerten vor meinen Augen. Ich versuchte, mich innerlich zu beruhigen, um meine aufgewühlte

Psyche zu entspannen. Auf keinen Fall durfte er jetzt den Eindruck bekommen, dass ich ihn erkannt hatte. Bleib jetzt ganz cool, ging es mir durch den Kopf. Vielleicht hatte ich mich ja von dem Zeitungsfoto täuschen lassen und er war ein ganz normaler Kunde.

»Guten Tag, was haben Sie denn Schönes zu verkaufen?«, fragte ich ihn.

»Eine Gitarre, hier im Koffer.«

»Und welches Fabrikat ist das?«

»Keine Ahnung.«

»Ich schaue mir die Gitarre mal an«, sagte ich und öffnete den Gitarrenkoffer. Ich sah jetzt nicht die Gitarre im Koffer, sondern hatte das blutverschmierte Beil vor meinen Augen. Denn diese markante Gitarre mit dem Polyesterkorpus und das abgebildete Foto von ihm heute früh auf der Titelseite in der Zeitung stimmten absolut überein. Nun wusste ich mit hundertprozentiger Sicherheit, der Doppelmörder von heute Nacht steht neben mir.

Als ich den Gitarrenkoffer in der Hocke öffnete, sah ich seine angeranzten Schuhe vor meinen Augen und dachte, wenn diese Schuhe erzählen könnten.

»Was ist nun, wollen Sie die Gitarre ankaufen oder nicht, ich habe es eilig«, sagte er in einem frechen, hastigen Ton zu mir.

Im Laufe der vielen Jahre hatten wir schon viele Diebe im kuriosen Musikhaus dingfest gemacht, aber hier ging es um einen grausamen, brutalen Doppelmord. Mein Kopf rotierte und ich plante einen riskanten Ablauf des Geschehens.

»Ja, eine sehr schöne Gitarre, was möchten Sie denn dafür haben?«, fragte ich ihn.

»Na eintausend Euro mindestens.«

»Das ist mir zu viel, achthundert Euro kann ich höchstens dafür bezahlen.«

»Ja, dann aber schnell, ich habe es schon einmal gesagt, ich habe es sehr eilig.«

»Nein, so kommen wir nicht ins Geschäft, bei so einem hohen Ankaufspreis muss ich die Gitarre erst mal genau inspizieren«, antwortete ich. »Ich mache Ihnen einen Vorschlag: Sie gehen jetzt gegenüber ins Café und kommen in fünfzehn Minuten wieder zurück. Inzwischen schaue ich mir die Gitarre genau an und dann bekommen Sie auch gleich Ihr Geld.«

»Okay«, sagte er. »Aber nicht länger als fünfzehn Minuten.« Er ging hastig ins gegenüberliegende Café.

Ich lief sofort nach oben in mein Büro und stellte eine Direktverbindung mit der Kripo in der Gothaer Straße her. Das kuriose Musikhaus war dort schon bestens bekannt für seine vielen erfolgreichen Festnahmen von Dieben und Hehlern.

»Kommen Sie bitte so schnell wie nur möglich ins Musikhaus, wir erwarten hier in zehn Minuten den gesuchten Doppelmörder«, sagte ich dem Kommissar am Telefon.

»Wir kommen sofort und postieren uns dann in Zivil vor Ihren Schaufenstern«, antwortete er.

Ich ging aus meinem Büro, runter in den Verkaufsraum. Von da aus wollte ich den Mörder gegenüber im Café unbemerkt beobachten. Ich sah, wie er gerade bezahlte und hektisch das Café verließ. Verzweifelt schaute ich durch die Schaufenster, denn ich sah dort noch keine Zivilpolizisten und die Zeit wurde knapp. Vielleicht noch eine Minute, dann ist er wieder hier. Ich musste jetzt in den nächsten dreißig Sekunden meine Taktik neu planen, um ihn hinzuhalten. Da stand er wieder vor mir.

»So, wie schaut es aus? Geben Sie mir das Geld für die Gitarre, ich muss los«, sagte er mir in einem aggressiven Tonfall.

»Ich habe eine gute Nachricht für Sie! Ja, ich kaufe Ihnen die Gitarre für achthundert Euro ab und habe soeben meine Sekretärin zur Bank geschickt, um das Geld für Sie abzuholen. Sie wird in etwa fünf bis zehn Minuten zurück sein. Haben Sie bitte Verständnis dafür, dass wir am Vormittag um diese Zeit noch nicht so viel Bargeld in der Kasse haben.«

Ständig waren meine Augen jetzt in Richtung der Schaufenster fixiert, wo ich jedoch immer noch keine Zivilpolizisten entdecken konnte. Jetzt wurde es brisant.

Natürlich hatte ich meine Sekretärin nicht zur Bank geschickt, um Bargeld abzuholen, stattdessen hatte ich mich auf die Kripo verlassen.

»Ich kann es nicht ändern, entweder Sie haben noch etwas Geduld, oder Sie nehmen Ihre Gitarre wieder mit«, sagte ich zu ihm.

»Na gut«, antwortete er. »Ich hole mir schnell noch eine Cola aus dem Café gegenüber, inzwischen müsste das Geld aber da sein.«

Er ging mit schnellen Schritten über die Straße ins Café. Zu meiner Beruhigung hatten sich inzwischen einige Zivilpolizisten außen an den Schaufenstern postiert. Ich war mir sicher, dass es Männer von der Kripo waren, denn ich empfing durch die Schaufensterscheibe ein mir bekanntes Erkennungszeichen. Was mich beunruhigte war die immer größer werdende Anzahl an Kripobeamten vor dem Haus. Ich glaube, inzwischen postierten sich an die fünfundzwanzig Zivilpolizisten rund um das Musikhaus und in den angrenzenden Autos. Hoffentlich hatte der Täter von diesem großen Aufgebot nichts bemerkt.

Nun sah ich, wie er aus dem Café direkt auf unseren Eingang zusteuerte. Ich sagte dem inzwischen im Geschäft postierten Kripobeamten: »Das ist er.«

Darauf hin rief er seinen Kollegen per Funk zu: »ZUGRIFF!«

Alles ging dann rasend schnell. Der Mörder wurde wenige Meter vor unserer Eingangstür überwältigt und festgenommen. Umringt von unzähligen Kripobeamten, wurde er dann ins Landeskriminalamt gefahren. Am nächsten Tag besuchte mich der Hauptkommissar, der diesen Fall bearbeitete, und bedankte sich bei mir persönlich für meinen außerordentlichen Einsatz. Ich sprach ihn auf die schon lange versprochene Medaille für mich an, die er mir überreichen wollte, für die vielen erfolgreichen Festnahmen der letzten Jahre in unserem kuriosen Musikhaus. Er schaute mich an, schmunzelte und sagte besinnlich zu mir:

»Sei zufrieden, dass der Täter von gestern

nicht in seine Plastiktüte gegriffen hat, dort fanden wir noch eine schussbereite, scharfe, Acht-Millimeter-Walther-Pistole.«

8 Die Nachtparty

Schön, endlich mal so ein ganz normaler Arbeitstag ohne besondere Ereignisse, dachte ich mir noch am späten Nachmittag. Als dann aber eine hübsche Frau kurz vor Feierabend um neunzehn Uhr das Musikhaus betrat, änderte sich das schnell.

Die Mitarbeiter hatten bereits Feierabend und verabschiedeten sich von mir. Unsere Beleuchtung in den Verkaufsräumen schaltete pünktlich auf Nachtlicht um. Jetzt war es schummerig im Haus und sie stand vor mir, die hübsche Frau um die dreißig Jahre, mit den langen blonden Haaren. Sie machte auf mich einen leicht ausgeflippten Eindruck. Aber warum stand sie eigentlich jetzt nach Feierabend immer noch hier? Mit mir allein im halbdunklen Raum der Keyboardabteilung.

»Ich wollte mich noch ganz schnell nach einem Keyboard umsehen und vielleicht gleich kaufen«, sagte sie.

»Aber jetzt noch, um diese Uhrzeit? Es ist längst Feierabend und ich bin auch schon seit heute früh hier im Einsatz, kommen Sie doch bitte morgen wieder.«

»Nein, das geht leider nicht, ich bin Stewardess und sehr viel unterwegs.«

Ich führte ihr einige Keyboards vor und bemerkte ihre Begeisterung für meine Songs, die ich ihr auf dem Instrument vorführte. Es waren vornehmlich Oldie-Hits der sechziger und siebziger Jahre, von den Beatles über Stones und Santana. Wir hatten sofort eine gemeinsame musikalische Basis und ich spielte einen nach den anderen ihrer Wunschsongs. Der Verkaufsraum erschien mir jetzt noch schummriger als vorhin zum Feierabend. Nur in einer Ecke brannte noch das Licht einer Werbetafel. Aber ich war angetan von ihr, von dieser hübschen Frau mit den langen, blonden Haaren, die ihr bis zum Po reichten. Und meine Gedanken daran, dass sie als internationale Stewardess die Welt kannte, machten mich noch neugieriger auf sie. Ich wollte nicht, dass sie jetzt geht. Sie machte nicht den Eindruck, als hätte sie es eilig, nachdem sie das Keyboard gekauft hatte. Als ich dann ihren Lieblingssong von Santana noch einmal spielte, schaute ich auf meine Uhr, es war inzwischen schon 22:30 Uhr.

»Ich habe Ihren Lieblingssong von Santana hier auf einer CD«, sagte ich.

»Oh ja, das ist schön, könnten Sie den Song

mal kurz abspielen?«

Ich schaltete die CD-Anlage im Verkaufsraum an und legte die Santana-CD ein. Sie war vom Sound so angetan und tanzte dazu.

»Einen Moment bitte, ich komme gleich wieder«, sagte ich zu ihr und ging in mein Büro. Im Kühlschrank waren noch drei Flaschen Champagner. Ich griff mir eine kalte Flasche, nahm zwei Gläser aus dem Regal und ging wieder zurück zu ihr. Sie tanzte immer noch im Rhythmus der Musik und lächelte mich an, als sie das Tablett mit den zwei Gläsern und der Champagner-Flasche sah.

»So, jetzt stoßen wir erst mal auf Ihr neues Keyboard an.«

»Wir können uns gern duzen, ich heiße Eva.«

»Ja gern, Eva, zum Wohl«, sagte ich und wir tanzten nun beide zur Musik, die aus der Hi-Fi-Anlage dröhnte.

Da sie sehr auf Oldies stand, legte ich dann den Stimmungsmacher „Baby Come Back" ein. Ich konnte sofort an den Bewegungen ihres durchtrainierten Körpers erkennen, dass es ihre Musik war, die sie liebte. Nachdem ich die zweite Flasche Champagner aus dem Büro geholt hatte, sah ich Eva, wie sie jetzt – oben ohne - zu ihren Lieblings-Oldies tanzte. Immer wenn ein Song aus der Stereo-Anlage zu Ende war, erzählte sie mir von ihren vielen Flügen und dem Jetlag, der sie immer noch verfolgte.

»Komm doch und zieh auch dein Hemd aus«, sagte sie zu mir und ich konnte es kaum erwarten, ihre nackte, warme Haut an meiner Brust zu spüren.

Es war ein Uhr am Morgen und das Telefon klingelte. Eine Telefonnummer, die ich kannte.

»Hallo, guten Morgen, hier ist die Leitstelle. Uns ist aufgefallen, dass ihre Alarmanlage nicht scharf geschaltet ist. Ich wollte nur mal sichergehen, ob bei Ihnen alles in Ordnung ist«, klang es aus dem Hörer.

»Ja alles in Ordnung, spätestens in einer Stunde schalte ich die Alarmanlage scharf«, antwortete ich.

»Vielen Dank und eine gute Nacht für Sie.«

Eva hatte sich während meines Telefonats mit der Leitstelle schon ihrer Jeans entledigt. Sie tanzte vergnügt, nur noch mit ihrem Slip bekleidet, durch den schummrigen Verkaufsraum.

»Jetzt bist du dran, zieh deine Hose aus, ich hab vorgelegt«, sagte sie und lächelte.

Aus der Stereoanlage ertönte gerade mein

Lieblingssong „I'm Not in Love" von der Gruppe 10cc. Es war ein Lovesong, den ich schon immer liebte und nun war ich nicht mehr Herr meiner Gefühle und umarmte sie ganz zärtlich beim Tanz. Irgendwie musste ich es verhindern, dass ich meine Hose nun auch noch ausziehen sollte. Um sie abzulenken, ging ich nochmals in mein Büro und holte die letzte Flasche Champagner, die noch im Kühlschrank stand.

Sie hatte mich durchschaut. Als ich aus dem Büro zurückkam, lächelte sie mich wieder an und sagte: »Jetzt aber raus aus der Hose.«

Ich stand regungslos vor ihr und sie begann, meinen Gürtel zu öffnen und mir die Hosen herunterzustreifen. Da stand er nun, der Chef des Hauses, splitternackt mit einer Flasche Champagner in der Hand. Ich hatte plötzlich panische Angst, dass man uns beide von draußen durch die Fensterscheibe sieht. Sie erzählte mir, dass sie heute frei hat und nicht fliegen müsste.

Das war bei mir ganz anders, ich musste hier um zehn Uhr schon wieder frisch erscheinen. Wir tanzten noch einige Songs durch, flirteten und schmusten nackt zwischen den Musikinstrumenten.

»Eva, hast du auch eben das Telefon klingeln gehört?«

»Nein, das bildest du dir nur ein, weil es schon so spät ist«, antwortete sie verschmitzt.

»Ohje, das war bestimmt noch mal die Leitstelle, denn es ist ja schon 2:30 Uhr und die Alarmanlage ist noch immer nicht scharf geschaltet.« Es dauerte nicht lange, da hörte ich ein starkes Klopfen an der Eingangstür vom Musikhaus.

»Eva schrie: »Einbrecher!«

»Bleib jetzt mal ganz ruhig hier stehen«, antwortete ich. Nackt, wie ich war, schlich ich mich langsam in die Nähe der großen Eingangstür des Ladens und spürte plötzlich mehrere starke Lichtstrahlen aus Taschenlampen in meinen Augen.

»Polizei, aufmachen!«, schrien sie vor der Eingangstür.

Mir wurde angst und bange, wie sollte ich denn die Eingangstür öffnen, ich war doch splitternackt.

Wieder ertönte es: »Polizei, machen Sie sofort die Tür auf!«

»Ja, einen Moment bitte«, schrie ich raus und schnappte mir einige große Einkaufstüten, die ich mit Tesafilm an meinem Körper befestigte. Der Schlüssel für die Eingangstür steckte zum Glück im Schloss. Ich öffnete die Tür und sah drei Polizisten, die sich sofort auf mich stürzten und meine Arme festhielten.

»Ihren Personalausweis, bitte«, sagte einer von ihnen zu mir.

Eva kam jetzt zu mir nach vorn geschlichen und ich merkte, wie sie am ganzen Körper zitterte. Sie hatte in der ganzen Aufregung nur ihren Slip angezogen.

»Wer ist die Frau?«, fragte mich einer der Polizisten.

»Eine Kundin.«

Alle drei Polizisten sahen mich an und konnten sich vor Lachen kaum noch halten.

»Ausweis, bitte«, sagte wieder einer zu mir.

Wie sollte ich denn jetzt an meine Tasche kommen, um den Personalausweis vorzulegen? So wie ich aussah, mit den Plastiktüten um den Bauch gewickelt und darunter nackt. Zum Glück hatte ich meine Tasche schon für den Heimweg auf den Kassentresen gestellt, aber diese zehn Meter bis zur Tasche waren für mich so lang wie ein Marathon.

Nach der Identitätsprüfung meines Personalausweises brach ein großes Gelächter aus. Offensichtlich waren alle drei Polizisten mit dieser kuriosen Situation schlichtweg überfordert. Lachend verließen sie das Musikhaus.

9   Der Dosentrick

Als ich noch Angestellter im kuriosen Musikhaus war, hatten wir ein großes Problem mit unserer schlechten Luft in den Verkaufsräumen. An manchen Tagen stank es regelrecht, wie in einem öffentlichen Pissoir. Niemand, weder Kollegen noch Kunden, hatte eine Ahnung, woher dieser üble Geruch stammt. Es wurde mir von Tag zu Tag peinlicher, Kunden unter diesen Umständen zu bedienen. Wir hatten schon die Hausverwaltung beauftragt, alle Abwasserleitungen, die durch das Musikhaus liefen, zu prüfen. Alles ohne Erfolg. Der unerträgliche Gestank, besonders am Nachmittag, blieb. Auch meine Kollegen hatten die Nase regelrecht voll.

Es musste Abhilfe her, sofort! Wir trafen uns nach Feierabend in einem italienischen Restaurant, um nach einer Lösung für das Problem zu suchen. Alles Mögliche ging uns durch den Kopf, nur keine Lösung. Bis spät nach Mitternacht waren wir in dem Restaurant. Nur der alte Chef, Herr Schmidt, war nicht dabei. Heute nicht und sonst auch nicht, wenn es um dieses Problem ging. Wir hatten also die Rechnung ohne den Wirt gemacht.

Warum war er nie dabei, warum wollte er davon nichts wissen, geschweige darüber reden? Es war doch sein Musikhaus und sein schwindender Umsatz. Wir machten einen Plan und wollten ihn während der Geschäftszeit mehr beobachten.

Schmidt hatte ein altes, kleines Büro, schlicht eingerichtet, mit einem alten Sofa, vier Stühlen und einem Waschbecken. Sein Bürotisch stand direkt an einem kleinen Fenster, mit Ausblick auf den kompletten Kassen- und Verkaufsraum. Es war immer finster in seinem Büro, in dem er sich die meiste Zeit aufhielt. Nur bei Vertreterbesuchen und in der Mittagszeit schaltete er das Licht an. Uns wurde langsam klar, dass der Gestank im Haus mit seinem kleinen Büro in Zusammenhang stand.

Als führendes kurioses Musikhaus in Berlin besuchten uns täglich einige Außendienstmitarbeiter von Firmen aus der Musikbranche. So auch am darauffolgenden Tag um fünfzehn Uhr. Ein Vertreter einer großen Orgelfirma betrat das Geschäft. »Guten Tag, mein Name ist Hagen Stark, Firma Yamuto, ich habe einen Termin um fünfzehn Uhr mit Ihrem Chef.«

»Ja, kommen Sie bitte mit in sein Büro, folgen Sie mir«, sagte ich.

Als wir an der alten, aus Sperrholzbrettern zusammengenagelten Tür standen, klopfte ich vorsichtig an. »Herr Schmidt, der Herr Hagen Stark von der Firma Yamuto ist da, Sie haben einen Termin jetzt um fünfzehn Uhr mit ihm.«

Keine Antwort. Verwundert schaute mich der Vertreter an. Ich klopfte noch mal. »Hallo Chef, der Vertreter von der Firma Yamuto möchte zu Ihnen.«

Wieder keine Antwort. Der Handelsvertreter, der auf Provisionsbasis arbeitete, wurde nervös. Wir konnten nun nicht länger auf eine Antwort warten und öffneten die alte, knarrende, ockerfarbene Tür zum Büro.

Da saß er, der alte Schmidt, Chef des kuriosen Hauses, an seinem alten, zusammengeschusterten Schreibtisch.

»Chef, Herr Hagen Stark, von der Firma Yamuto wollte Sie sprechen«, sagte ich.

Herr Stark stand neben mir. Ich konnte sein blasses Gesicht, das mit einem ungläubigen Blick auf den unteren Teil des alten Schreibtischs starrte, in dem dunklen Raum erkennen. Der alte Schmidt sagte nur: »Ach ja, kommen Sie doch rein.«

Nun folgte auch mein Blick dem des Vertreters Stark, in Richtung des unteren Teils des alten Schreibtischs. Ich konnte es kaum glauben, was ich dort sah. Der alte Schmidt hatte die Beine weit gespreizt, sein Hosenschlitz war geöffnet und er pinkelte in eine alte Blechdose. Tausend Dinge gingen mir durch den Kopf: Das ist die Quelle des Gestanks, wenn das meine Kollegen jetzt sehen könnten, wie würden sie reagieren?

Der alte Schmidt versteckte sofort die Pissdose in einer seiner Ablagen vom alten Schreibtisch und tat uns gegenüber so, als wäre nichts passiert. Ich ging zurück in den Verkaufsraum und machte ein sofortiges Meeting mit meinen Kollegen aus. Ich wollte ihnen von der Schweinerei mit der Pissdose berichten.

Der alte Schmidt war zu faul, um in die erste Etage zu gehen und dort die gepflegten Toiletten aufzusuchen. Abhilfe musste her. Mit ihm darüber zu reden, war sinnlos. Er war ein egoistischer Chef.

Das zweite Meeting mit meinen Kollegen machte ich dann gleich am Abend in der Pizzeria. Alle waren sehr ergriffen von meinem Bericht mit der Dose. Uns allen wurde klar, dass dies die Quelle des Gestanks war. An diesem Abend fanden wir dann schnell, nach ein paar Gläschen leckeren Rotwein, die perfekte Lösung.

Am nächsten Vormittag musste der alte Schmidt mit dem Taxi zum Steuerberater fahren. Das war unsere große Chance, um unbemerkt an die Dose in seinem Büro zu gelangen. Schon als wir die Bürotür öffneten, entgegnete uns dieser widerliche Geruch. Wir lagen richtig mit unserer Vermutung. Jetzt mussten wir die Dose finden, irgendwo in der Schreibtischablage war sie versteckt.

»Ich habe sie gefunden, hier ist sie, in der zweiten Ablage«, rief Thomas, ein Kollege, der den Gestank im Laden schon lange nicht mehr aushielt.

Endlich hatten wir die Pissdose vom Chef. Nein, so einfach verschwinden lassen wollten wir die Dose nicht, das wäre dem Schmidt sofort aufgefallen. Wir hatten eine andere Idee. Unser Blasinstrumenten-Reparateur nahm eine Spitzfeile und feilte acht kleine Löcher in die Dose, sodass die Pissdose fast wie ein Brausekopf aussah. Im dunklen Büro waren die kleinen Löcher überhaupt nicht zu sehen. Die Dose legten wir wieder auf ihren Platz in der zweiten Schreibtischablage und verschwanden schnell aus dem Büro, bevor Schmidt vom Steuerberater zurückkam.

Sehr gespannt verfolgten wir nun das Geschehen und freuten uns auf die Ankunft des Chefs. Es dauerte nicht lange, bis er vom Steuerberater zurückkehrte. Schmidt trank einen kalten, vom Morgen stehengelassenen Kaffee und wir beobachteten ihn aus allen möglichen Blickwinkeln. Jetzt war es soweit, er zog an der zweiten Schreibtischablage und holte die Dose raus. Im Verkaufsraum war der Laden inzwischen schon sehr mit Kunden gefüllt. Einer meiner Kollegen, der den Schmidt beobachtete, gab mir ein Zeichen. Jetzt wusste ich, er spreizte wieder seine Beine am Schreibtisch, der Hosenschlitz ging auf und sein Strahl in die Dose. Eine laute Stimme aus dem Büro übertönte nun den gesamten Verkaufsraum. Schmidt schrie, wie von einer Tarantel gestochen. Scheiße!!! Scheiße!! Unser Trick war aufgegangen. Allen Kollegen stand die Schadenfreude ins Gesicht geschrieben. Jetzt wollten wir nur noch das Finale. Ich rief ins Büro: »Chef, kommen Sie mal bitte ganz schnell zur Kasse, wir haben hier ein Problem mit dem Wechselgeld.«

Schmidt begab sich zur Kasse und sofort nach seinem Erscheinen am Kassentresen kam uns allen wieder dieser üble Geruch entgegen. Eine elegante Sängerin, die gerade ihr Mikrofon bezahlen wollte, traute ihren Augen nicht.

Ihr gegenüber stand Schmidt, der Chef des kuriosen Musikhauses in einem vollgepissten, hellgrauen Anzug. Jedes gebohrte Loch in der Dose hatte ausdrucksvoll seine Wirkung hinterlassen. Ein großes Gelächter der Mitarbeiter hallte durch die Verkaufsräume.

Gleich ab dem nächsten Tag ging Schmidt in den ersten Stock, wo sich die Toiletten befanden. Die Pissdose gehörte ab sofort der Vergangenheit an. Die Verkaufsräume waren wieder rein und angenehm.

10 Gewalttätiger Kunde im Laden

Auch Rockbands liebten das kuriose Musikhaus wegen der großen Auswahl an Verstärkern und dem exzellenten Reparatur-Service. Von einer Band wusste ich, dass sie an den Sommer-Wochenenden regelmäßig für die Biker-Szene spielten. Häufig auf Open-Air-Konzerten, mit entsprechendem Publikum aus der Rocker-Szene.

An einem verregneten Sommertag sah ich zufällig den Sänger dieser Hardrock-Gruppe an unserer Ladentheke stehen. Er war gerade mit einem unserer Techniker im Gespräch. Als der Rockmusiker den Laden verlassen hatte, fragte ich unseren Techniker nach dem Anlass seines Besuchs bei uns. Ich hatte ihn bei uns im Musikhaus noch nie gesehen.

»Der Kunde hat einen defekten Gesangsverstärker und fragte, ob eine Reparatur hier im Hause durchgeführt werden kann«, erklärte mir unser Techniker.

»Und? Was haben Sie ihm geantwortet?«

»Ich sagte ihm, er soll den Verstärker bei Gelegenheit vorbeibringen, dann schaue ich mir das Gerät an, gegebenenfalls ist eine Reparatur noch sinnvoll.«

Ich freute mich, konnten wir doch in Zukunft wieder mit einer bekannten Rockband als Neukunden aufwarten. Zwei Tage später erschien der Rockmusiker wieder im Geschäft. Diesmal hat er seinen defekten Verstärker dabei, ein schweres Teil mit über dreißig Kilo Gewicht.

Der Techniker aus der Werkstatt im Keller wurde nach oben zum Verkaufstresen gerufen und begrüßte den Rockmusiker. »Schön, Sie wiederzusehen, Sie haben ja den schweren Verstärker zur Reparatur gleich mitgebracht.«

»Ja, das Problem ist, wir brauchen die Kiste schon am Sonnabend für einen Auftritt, schaffst du das?«

»Ich schau mal rein, was repariert werden muss, mache einen Kostenvoranschlag und rufe Sie morgen an.«

»Juuti, mach das«, entgegnete der Rockmusiker und verabschiedete sich.

Am nächsten Tag meldete sich unser Techniker wie vereinbart beim Kunden, um ihm die entstehenden Reparaturkosten mitzuteilen.

»Juuti, macht das, aber keinen Cent mehr für die Kiste«, antwortete der Rockmusiker am Telefon.

Es waren nur zwei Tage bis zur Abholung

am Samstag, deshalb war es notwendig, so schnell wie möglich mit der Reparatur zu beginnen. Der Techniker entdeckte am Nachmittag eine zusätzliche Beschädigung der teuren Endstufenröhren und tauschte diese Röhren aus, ohne den Kunden über die Mehrkosten zu informieren. Ein fataler Fehler!

Als dann am Samstag der Rockmusiker seinen Verstärker abholte, wurde noch schnell ein Test gemacht. Das Gerät funktionierte wieder tadellos.

»Juut jemacht«, sagte der Rockmusiker und holte seine Geldbörse raus. »Hier, das stimmt so.« Er legte die am Telefon vereinbarte Summe auf den Kassentisch.

»Nein, da legen Sie mal noch das Doppelte drauf, dann stimmt die Summe«, entgegnete ihm der Techniker.

»Was soll ich machen? Die doppelte Summe zahlen, du tickst wohl nicht richtig im Hirn!«

»Pech, die teuren Endstufenröhren waren auch kaputt«, sagte der Techniker voller Schadenfreude und wiederholte grinsend: »Pech, reines Pech.«

Der Rockmusiker bäumte sich am Tresen auf und schrie laut durch den Laden: »Du verdammter Scheißkerl, gib mir den Verstärker, sonst knallt es gleich!«

Der Techniker hatte Todesangst, stellte den schweren Verstärker auf den Tisch und rannte erschrocken in seine Werkstatt. Ich hörte die Schreie des Hardrock-Musikers bis zum ersten Stock in mein Büro und rannte runter in den Verkaufsraum. Da stand er, der Hardrock-Sänger. Mit erhobenen Händen hielt er den dreißig Kilo schweren Verstärker über seinen Kopf. Einen Augenblick später sah ich nur noch, wie sich meine große Schaufensterscheibe in tausend Einzelteile zerlegte. Er hatte den Verstärker vor Wut durch die Scheibe geschmissen. Zum Glück lief in diesem Moment niemand draußen am Schaufenster vorbei und es gab glücklicherweise auch keine Verletzten. Nur im Verkaufsraum schrien die in Panik geratenen Kunden um Hilfe. Bevor der gewalttätige Rockmusiker aus dem Laden flüchtete, bedrohte er noch zwei Kunden mit einem Schlagring und schrie laut in den Verkaufsraum: »Keine Polizei, sonst brenne ich euch den Laden ab!«

Wer wollte das schon?

11 Auszubildende möchte Chef verführen

Wie jedes Jahr im März entschieden wir uns auch in diesem Jahr für zwei neue Auszubildende. Besonders in unserer Blasinstrumenten-Abteilung fehlte eine junge Kraft, um unseren Kunden einen noch besseren Service bieten zu können. Wir entschieden uns für ein junges Fräulein, das gerade ihr Abitur absolviert hatte und den Beruf der Kauffrau erlernen wollte. In den ersten Wochen arbeitete sie sehr fleißig und war bei unseren Kunden recht beliebt. Jung und bildhübsch, mit langen roten Haaren bis zum Po. Das Spielen auf der Trompete und dem Saxophon beherrschte sie meisterhaft. Immer wieder schaffte sie es, unschlüssige Kunden mit einem schelmischen Blick zu überzeugen.

Jeden Morgen pünktlich um zehn Uhr, nachdem der Musik-Shop eröffnete, stand eine heiße Tasse Kaffee auf meinem Schreibtisch bereit. Nur heute nicht. Meine Sekretärin, die mir jeden Morgen meinen Kaffee kochte, war nicht da, sie hatte sich für den Vormittag freigenommen. Oh, so ganz ohne Kaffee heute, das geht ja gar nicht, dachte ich.

Irgendwie musste das die neue Auszubildende mitbekommen haben. Es klopfte an meiner Bürotür.

»Ja bitte, Fräulein Nagel, kommen Sie doch rein«, sagte ich, als ich sie auf dem Monitor meiner installierten Kamera vor der Tür stehen sah.

Schüchtern stand sie vor meinem Schreibtisch und sagte: »Ich habe gehört, dass Frau Schneider heute nicht im Hause ist und da wollte ich fragen, ob ich Ihnen den Kaffee heute kochen soll.«

»Oh nein, dass mache ich schon selbst, Sie haben bestimmt viel im Verkaufsraum zu erledigen.«

Sie schaute mich mit traurigen Blicken an. »Ich mach das aber sehr gern für Sie.«

Ich willigte ein und sie lief freudig zur Kaffeemaschine, die gleich links neben meinem Schreibtisch auf einem Tisch stand. Ich sah Fräulein Nagel nun von hinten, mit ihrer durchsichtigen, weißen Sommerbluse, auf der sich ihre lange, rote Lockenpracht bis zum Minirock entfaltete. Auffällig war, dass sie ausgerechnet heute High Heels trug. Eine hübsche junge Frau, die muss ja bei der Kundschaft gut ankommen, dachte ich.

»Wie viele Tassen Kaffee darf ich für Sie kochen?«, fragte sie mich, ohne sich dabei umzudrehen.

Ich sah, wie sie sich während des Sprechens stark nach vorn beugte. So weit, dass ich das Ende ihrer nackten Oberschenkel sehen konnte. In diesem Moment war ich sprachlos.

»Ich mache Ihnen die Kaffeekanne voll, der Tag ist ja noch lang«, sagte sie, drehte sich kurz zu mir um und lächelte.

An diesem Punkt angelangt, war es für mich sehr schwierig, einen klaren Kopf zu bewahren. Ich hatte es hier mit einer Auszubildenden zu tun. Nur nichts anmerken lassen, du hast nichts gesehen und es ist alles ganz normal, redete ich mir ein. Aber einen kurzen, unbemerkten Blick wollte ich dennoch wagen. Um meinen Kopf wieder unbemerkt nach links drehen zu können, sagte ich einen ganz belanglosen Satz zu ihr: »Ja, Fräulein Nagel, machen Sie die Kaffeekanne ganz voll.« Jetzt konnte ich es wagen, sie noch einmal von hinten zu betrachten. Sie hatte sich am Küchentisch wieder ganz nach vorn gebeugt.

Ich sah jetzt etwas, was ich nicht im Traum glauben wollte. Ich ging mit meinem Kopf noch etwas näher an ihren Hintern ran. Das hatte sie gemerkt und streckte jetzt erst recht ihr Hinterteil raus. Ich sah, dass sie unter ihrem Minirock unbekleidet war. Ich konnte direkt vor meinen Augen ihr glattrasiertes, faltenloses Möschen sehen. Bleib jetzt cool, sonst ist deine Zeit als Ausbilder für immer vorbei, dachte ich. Aber sie machte es mir noch schwerer, denn ich hörte nun ein leises Stöhnen von ihr, nur einen Meter weit entfernt von mir. Ich musste mir schnell etwas ausdenken, um diese heikle Situation elegant zu beenden, ohne dass sie beleidigt war.

»Tut Ihnen etwas weh, haben Sie Schmerzen, Fräulein Nagel?«

»Nein, keine Schmerzen, nur etwas Liebeskummer, mein Freund hat gestern Abend mit mir Schluss gemacht.«

Trösten? Nein, in dieser heiklen Situation würde ich genau das Gegenteil erreichen. Ich muss so schnell wie möglich aus dem Büro raus, dachte ich. In meiner Verzweiflung drückte ich auf meinem Handy die Fake-Call-Taste (Ich wusste es, irgendwann werde ich diese Telefonnummer dringend benötigen). Schon nach zehn Sekunden klingelte mein Handy. Natürlich war niemand am anderen Ende der Leitung, ich sprach in mein Handy: »Ich bin im ersten Stock, in meinem Büro, Herr Schuster, warten Sie bitte, ich komme sofort nach unten.« Das war der erlösende Moment, um hier aus dem Büro zu kommen.

Fräulein Nagel schaute mich erschrocken an und errötete, als ich ihr sagte, sie sollte, bevor sie jetzt mit mir nach unten in den Verkaufsraum geht, ihren Rocksaum noch eben zurechtrücken.

Ihre spätere Abschlussprüfung als Kauffrau bestand Fräulein Nagel mit sehr gut, aber zum Kaffee kochen ist sie nie wieder in mein Büro gekommen.

12 Der Kuchenverteiler aus Tirol

Im Laufe der vielen Geschäftsjahre erhöhte sich auch die Zahl der Außenhandelsvertreter, die regelmäßig unser Musikhaus besuchten. Aus allen Bundesländern reisten sie an, um große Umsätze mit uns zu erzielen. Aber nur einer dieser Handelsvertreter war der Liebling des Hauses. Ein Österreicher, namens „Johannes aus Tirol". Ein echter Vertreter der alten Schule, wie man ihn heute kaum noch findet. Nur zweimal im Jahr besuchte er unser Haus. Alle Mitarbeiter des Hauses freuten sich schon immer, wenn eine Woche vorher seine Vorankündigung per Postkarte eintraf. Wer so ein echter Tiroler ist, hat immer ein paar nette Witze parat. „Johannes da, alles klar" war sein Slogan. Jeder kannte ihn und jeder mochte ihn.

Schon einen Tag vor seinem Besuch schmunzelten die Mitarbeiter, wenn sie hörten: Morgen kommt Johannes. Meistens begab sich der kleine, dickliche Mann mit dem Tiroler Hut um die Nachmittagszeit in das Geschäft. Mit einem lauten und fröhlichen „Hallo, hier ist der Johannes" begrüßte er den ganzen Laden. Er hatte schon seit langer Zeit seinen Lieblingsstuhl im Haus. Einen großen, breiten Korbsessel, wo er sich als Erstes für zehn Minuten einen Überblick über die Räumlichkeiten verschaffte und das Geschehen im Musikhaus beobachtete. Dann machte er seine Runde, ging durch die Abteilungen und zog sämtliche Ersatzteilfächer auf, um die Bestände zu prüfen. So etwas machte kein anderer Handelsvertreter in unserer Branche.

Johannes hatte Narrenfreiheit. Nach einer halben Stunde war er durch und konnte jedem einzelnen Abteilungsleiter genau sagen, was er bestellen muss. Neue Mitarbeiter kamen aus dem Staunen nicht mehr raus. So etwas hatten sie noch nicht erlebt. Ein Vertreter, der die Lagerbestände besser kennt als die Mitarbeiter. Johannes hatte immer volle Auftragsbücher und verdutzte Gesichter der Einkäufer. So ein echter „Tiroler Johannes" belohnte seine Auftragsopfer. Jeder wusste genau, was nach einer großen Bestellung folgte. Johannes stürmte aus dem Laden, ohne sich zu verabschieden. Nach circa fünfzehn Minuten kam er zurück ins Geschäft, mit riesigen Kuchenpaketen, so viel er tragen konnte. Alles auf einem Abstelltisch im Nebenraum abgestellt, konnte sich jeder der Kollegen von den köstlichen Tortenstücken und Kuchen bedienen. Für Mitarbeiter, die zu kurz gekommen waren, weil sie gerade Kunden bedienten, hatte Johannes ein Herz. Er eilte nochmals zur Konditorei, um auch die letzten Mitarbeiter mit paketweise Süßem zu beköstigen.

Zwischendurch brachen alle vor Lachen in Tränen aus, denn Johannes hatte mal wieder einen seiner besten Witze erzählt. Wer den Auftragsblock von Johannes besonders gut füllte, wurde am Abend zum Haxenessen in ein österreichisches Restaurant eingeladen.

Diesen liebenswerten Mann hatten alle Mitarbeiter des Musikhauses „Kurios" in ihr Herz geschlossen.

13 Die Vertreterschlampe

Wenn Handelsvertreter schon am frühen Morgen mit einem verschmitzten Lächeln zu mir ins Büro kamen, ahnte ich, dass als Erstes das Thema „Sex" auf der Tagesordnung stand. Viele Vertreter waren nur für zwei bis drei Tage in der Stadt, um Geschäfte zu machen. Nach ihren Geschäftsbesuchen hatten sie meistens am Abend Langeweile in einer fremden Stadt.

Sie erzählten mir von ihren Puff-Besuchen, wo sich das beste Sex-Kino der Stadt befindet und was sie in der Nacht erlebt hatten.

Vertreter, die uns nur nachmittags besuchten, hatten ihren Grund. Sie wollten mit unserem Fräulein Weißgerber flirten und sie anschließend zum Diner einladen. Fräulein Weißgerber war jung, hübsch und hatte einen außergewöhnlich großen Busen. Längst hatte es sich in der Branche herumgesprochen, dass sie sich gern von Vertretern nach Feierabend einladen ließ. Jeder Vertreter, der ihr schöne Augen machte oder ihr ein Kompliment gab, konnte gewiss sein, sie für den Abend zu gewinnen. Jeder Angestellte im Musikhaus erkannte sofort an Fräulein Weißgerbers durchnächtigtem Aussehen, wenn sie wieder einmal so einen Vertreter-Abend erlebt hatte.

Nun war wieder so ein Vertreter in meinem Büro.

»Nanu? Sie waren doch gestern Nachmittag erst hier?«, sagte ich zu ihm.

»Ich möchte mich gern mit Ihnen ganz kurz über Ihre Angestellte, Fräulein Weißgerber, unterhalten.« Er grinste mich an.

»Ja, dann schießen Sie mal los, viel Zeit habe ich nicht.«

Er erzählte mir, dass er Fräulein Weißgerber gestern Abend zum Essen eingeladen hatte und sie sich nach einem Diskotheken-Besuch verabschiedet hätten. Er hatte Angst, sich als verheirateter Mann auf sie einzulassen. Von mir wollte er wissen, ob Fräulein Weißgerber oft mit Vertretern abends um die Häuser zieht.

»Das hätten Sie sie doch gestern Abend selbst fragen können.«

Meine Geduld war am Ende, als er mich fragte: »Sie sieht so erotisch aus, aber meine Ehe möchte ich deshalb nicht aufs Spiel setzen. Wissen Sie, ob sie gesund ist, ich meine, frei von Geschlechtskrankheiten?«

Zornig über diese Frage, antwortete ich ihm: »Wissen Sie, es wäre schön, wenn Sie sich Ihre Pfeife mal so richtig verbrennen, dann wüsste Ihre Frau endlich, was Sie da für einen „Wurstheini" als Ehemann hat.«

Fluchtartig verließ er mein Büro.

Nach wenigen Tagen erhielt ich eine Mitteilung seiner Firma, dass Herr Heinrich ab sofort nicht mehr für uns zuständig ist. Er hatte ein anderes Vertriebsgebiet übernommen.

Das war der beste Ausweg für ihn, um sich nicht mehr im Musikhaus „Kurios" blicken zu lassen.

14 Wochenendreise mit Angestellten

In jedem guten Geschäftsjahr belohnte ich alle Mitarbeiter des Musikhauses mit einer kleinen Wochenendreise. Im letzten Jahr waren wir in Hamburg, besuchten dort das Musical „Cats" und am nächsten Morgen den Hamburger Fischmarkt.

Für dieses Jahr hatte ich mir etwas Besonderes als Belohnung ausgedacht. Ich wollte mit der gesamten Crew des Hauses an die Nordsee. Ich organisierte Flüge von Berlin nach Bremen. Danach sollte die Kurzreise mit einer zweistündigen Busfahrt nach Ostfriesland fortgesetzt werden. Für alle Mitarbeiter hatte ich in einem Emdener Hotel Einzelzimmer für eine Übernachtung mit Frühstücksbüfett gebucht. Am nächsten Tag, dem Sonntag, sollte es dann mit dem gecharterten Bus an die Nordsee gehen, mit anschließender Besichtigung einer alten ostfriesischen Mühle, einem Mittagessen in einer historischen ostfriesischen Gaststätte (mit Grünkohl und Pinkel) und einem Verdauungsspaziergang am Deich, wo viele bunte Fischkutter ankerten. Dann sollte die Tour wieder mit dem Bus zurück nach Bremen gehen und anschließend im

Flieger von Bremen zurück nach Berlin. Eine schöne, kurze Tour, dachte ich. Gut gelaunt und voller Motivation sind dann alle Mitarbeiter am Montag wieder im Geschäft.

Am Samstag um dreizehn Uhr nach Feierabend startete die Reise. Alle Kollegen hatten ihr Reisegepäck dabei und wir fuhren gemeinsam mit dem Bus zum Flughafen. Eingecheckt warteten wir auf den Abflug nach Bremen. Ein kurzer Flug mit einer Propellermaschine. Von einigen Mitarbeitern wusste ich, dass sie lieber mit dem Bus als mit einer kleinen Propellermaschine geflogen wären. Aber bei der kurzen Zeit, die wir über das Wochenende hatten, blieb uns nur der Flieger nach Bremen.

Kaum hatte das Flugzeug abgehoben, hörte ich auf den hinteren Sitzplätzen das Knallen von etlichen Sektkorken. Eine Stimme aus dem Hintergrund ertönte: »Prost Jungs, auf eine schöne Reise.«

Die Stewardessen hatten noch nicht mal mit ihrem Bordservice begonnen, da war das fliegende Musikhaus schon kräftig am Trinken. Erstaunlich, dass niemand vom Bordpersonal Notiz davon nahm. Es wurde zunehmend lauter in den hinteren Sitzreihen und so langsam machte ich mir Gedanken, denn es war ja erst der Anfang dieses Wochenendausfluges.

In Bremen wartete schon ein bestellter Bus, um uns weiter nach Emden ins Hotel zu fahren. Für unsere zwei Stunden Fahrzeit war dieser große Luxusbus mit Tischen, WC, Bordküche und Minibar viel zu pompös. Ich beobachtete beim Einsteigen in den Bus, dass sich kleine Interessengrüppchen gebildet hatten, die unbedingt zusammen im Oberdeck sitzen wollten. Seltsam, es waren Mitarbeiter, die in der Firma nicht oft miteinander kommunizierten. Techniker, Vorführer, Verkäufer, Lageristen, Auslieferungsfahrer, alle suchten jetzt im Bus Kontakt zu ihren Kolleginnen.

Der Bus war kaum eine halbe Stunde unterwegs, da sah ich die ersten leeren Sektflaschen auf den Tischen stehen sowie einige angetrunkene Mitarbeiter in bester Laune. Die ersten Pärchen umarmten sich bereit, andere waren schon mit heftigen Zungenküssen beschäftigt.

Am Hotel in Emden angelangt, wurden die vorbestellten Einzelzimmer verteilt. Anschließend wurde zum geselligen Abendessen im historischen Restaurant im Hotel geladen.

Pünktlich um zwanzig Uhr nahmen die Mitarbeiter ihre Plätze an den gedeckten Tischen ein. Ein gemütliches Abendessen mit echten ostfriesischen Spezialitäten bestätigte man mir.

Gegen Ende des Abends wollte der harte Kern der Belegschaft noch im Restaurant bleiben, als plötzlich das Licht ausgeschaltet wurde.

»Feierabend«, rief der Hotelmanager.

Trotz dieser abrupten Aktion gingen alle zufrieden in ihre Zimmer.

Wie verabredet, ging ich am nächsten Morgen um neun Uhr in den Frühstücksraum. Ich sah, außer zwei Mitarbeiterinnen aus der Notenabteilung, niemanden weiter aus unserem Musikhaus. Um zehn Uhr sollte uns der bestellte Bus vom Hotel abholen, um uns in das Fischerdorf nach Greetsiel zu fahren. Viel Zeit für das Frühstück blieb nun nicht mehr.

Nacheinander betraten die übrigen Mitarbeiter mit käsebleichen Gesichtern den Frühstücksraum und schleppten sich schwerfällig ans Büfett.

»Was ist geschehen?«, fragte ich unseren Lageristen, der an meinem Tisch vorbeiging.

»Keene Sorje Chef, allet in bester Ordnung«, flüsterte er mir zu.

Es war nun schon kurz vor zehn Uhr und unser Reisebus stand pünktlich vor dem Hotel. Ich ging zum Empfang und wollte meine Rechnung für die Übernachtungen bezahlen.

Eine junge Dame hinter dem Tresen fragte mich: »Hat es Ihnen bei uns gefallen?« Dabei schob sie mir die Hotelrechnung zu.

»Ja sehr, es war sehr schön bei Ihnen.« Ich schaute auf die Rechnung und lachte schallend durch die Empfangshalle. »Was haben Sie denn da zusammengerechnet?«

In diesen Moment erschien der Hoteldirektor am Tresen und erklärte mir: »Ihre Mitarbeiter haben heute Nacht sämtliche Minibars geplündert, alle Liköre, Schnäpse, Biere, Mineralwasser und der teure Champagner sind verzehrt worden. Nur eine Packung Kekse haben wir heute früh noch gefunden.«

Entsetzt schaute ich nochmals auf die Rechnung, die dreimal höher war als geplant. Ich musste die komplette Summe mit meiner Kreditkarte bezahlen, denn so viel Bargeld hatte ich nicht dabei.

Vor dem Hotel wartete schon der Reisebus auf mich. Es herrschte Totenstille im Bus. Als ich einstieg, sah ich nur halbtote Gestalten mit gesenkten Köpfen auf den Sitzen. Niemand gab auch nur einen Laut von sich. Nun wollte ich schnellstens erfahren, was sich in der Nacht im Hotel abgespielt hatte. Ich setzte mich zu den beiden älteren Notenverkäuferinnen und versuchte, sie in ein Gespräch zu verwickeln. »Können Sie mir sagen, was sich heute Nacht in den Hotelzimmern abgespielt hat?«

Beide sahen sich an, schmunzelten und sagten: »Ja, wir hatten genau nebenan unsere beiden Zimmer. Es war grausam, wir konnten überhaupt nicht einschlafen vor Lärm. Nebenan wurde gelacht und geschrien. Um fünf Uhr morgens klopfte ein Mitarbeiter an unserer Tür, mit der Bitte, doch auch herüberzukommen und mitzufeiern. Wir folgten dann der Einladung, wussten aber nicht, was uns da erwartete.«

Ich wollte nicht, dass irgendjemand im Bus unserem Gespräch folgte und flüsterte beiden zu: »Was spielte sich da drüben denn ab?«

Sie lachten mich an und die ältere der beiden erzählte mir dann: »Als wir um fünf Uhr in das Nebenzimmer gingen, waren wir entsetzt. Ein älterer Mitarbeiter, der als Lagerist tätig war, saß nackt im Kreis. Sie spielten die ganze Nacht das „Flaschendrehen". Das geht so: derjenige, auf den die Flasche nach dem Drehen zeigt, zieht ein Kleidungsstück aus und trinkt anschließend ein Getränk. In allen drei Nebenräumen sah es wie bei einer wilden

Orgie aus.«

Jetzt wurde mir klar, warum die Hotelrechnung so hoch ausfiel.

Der Bus erreichte den idyllischen Fischerort Greetsiel, wo ein gemeinsames Mittagessen nach traditioneller, ostfriesischer Art in einer historischen Gaststätte geplant war. Über dreißig Portionen Grünkohl wurden serviert. Es dauerte nicht lange, da standen die ersten klaren Schnäpse zur Verdauung auf dem Tisch. Das Grünkohlessen entwickelte sich zusehends in ein Saufgelage. Vorzeitig bestellte ich die Gesamtrechnung, um nicht wieder, wie im Hotel, eine deftige Überraschung zu erleben.

Was die „gutgelaunten" Mitarbeiter des kuriosen Musikhauses nicht eingeplant hatten, war der hohe Sauerstoffgehalt an der Nordsee. Wir starteten den gemeinsamen Verdauungsspaziergang am Deich. Schon nach wenigen Minuten mussten sich einige Mitarbeiter gegenseitig stützen. Die vielen klaren Schnäpse nach dem Essen, gepaart mit der frischen Seeluft, ließen so einige in die Knie gehen. Das ist jetzt meine geheime Rache, der Spaziergang wird durchgezogen, ging es mir durch den Kopf.

Ich sah, wie sie sich quälten, um die Deichkrone zu erreichen. Plötzlich schrie einer aus der Gruppe: »Ich muss ganz dringend kacken, wo ist hier die nächste Toilette!?«

Mit einem verkniffenen Lächeln rief ich nach hinten: »In zehn Minuten sind wir am Ziel, bitte durchhalten.«

Das schadenfrohe Gelächter der Gruppe war nicht zu überhören. Nach dem Deichspaziergang stand auch schon der Reisebus bereit, der uns zurück nach Bremen bringen sollte. Beim Einsteigen in den Bus erfasste ich mit meinen Blicken jeden einzelnen Mitarbeiter. Nicht einer wirkte auch nur annähernd frisch, ganz im Gegenteil, alle sahen eher aus wie Teilnehmer zu Beginn einer Rehabilitationsreise.

Im Bus steigerte sich wieder die Stimmung und das Knallen der Sektkorken war unüberhörbar. Ob es noch der restliche Proviant aus den Minibars des Hotels war oder neu dazu Gekauftes, war letztendlich auch egal. Ich machte mir nur Gedanken darüber, wie viele Mitarbeiter am nächsten Morgen nicht pünktlich erscheinen würden.

Am Flughafen Bremen angekommen, bemerkte ich, wie sich drei neu formatierte Pärchen vorzeitig mit Küssen voneinander verabschiedeten. Es bestand nach der Landung in

Berlin die Möglichkeit, dass sie von ihren Ehepartnern am Flughafen empfangen werden würden.

Als ich am nächsten Morgen meine Bürotür öffnete, entdeckte ich auf meinem Tisch einen wundervollen, großen Blumenstrauß, mit einer Grußkarte mit den Worten: „Es war wieder einmal eine Super-Reise. Vielen herzlichen Dank, Ihre Belegschaft".

15 Verheiratete Verkäuferin ist Nymphomanin

Sie war schlank, hübsch, um die dreißig Jahre alt und im Musikhaus „Kurios" als Verkäuferin mit Kassentätigkeit eingestellt. Der Sommer, das war ihre Zeit. An heißen Tagen trug Fräulein Schneider kurze Röcke und durchsichtige Blusen. Nicht immer waren ihre Brustwarzen von einem BH bedeckt. Ihre langen Beine, die mit hohen Absätzen extrem erotisch auf die Kundschaft wirkten, sahen sehr verführerisch aus.

An einem Tag im Mai besuchte mich ihr Freund in meinem Büro und erzählte mir, dass sie beide nächste Woche heiraten würden. Er bat mich um zwei Wochen Urlaub für seine Freundin. Ich willigte ein. Sie fuhren in die Flitterwochen.

Frisch vermählt und braungebrannt erschien Frau Schneider nach zwei Wochen wieder zum Dienst. Schon am ersten Tag nach ihrem Urlaub fiel einigen Mitarbeitern ihre überaus anbiedernde Art gegenüber Kunden auf. Frau Schneider war ja schon vor ihrer Hochzeit mit ihrer aufreizenden Kleidung in Verruf geraten. Jetzt schien sie ihre Grenzen jedoch zu durchbrechen und erschien in schwarzen Nahtstrümpfen und High Heels zum Dienst. Ich war mit ihrer Arbeitsleistung und den korrekten Kassenabrechnungen sehr zufrieden, aber ich musste mit ihr reden.

Ich bestellte Frau Schneider in mein Büro und erklärte ihr, dass sie in Zukunft mit der Auswahl ihrer Kleidung etwas zurückhaltender sein sollte. Sie hatte mich verstanden und verließ verstimmt mein Büro.

Am nächsten Tag erschien sie wie eine biedere Hausfrau gekleidet und schenkte mir den ganzen Tag keinen Blick. Dafür flirtete sie schon am nächsten Vormittag mit Wolfram, unserem Keyboardverkäufer. Der fühlte sich, als ewiger Junggeselle, sehr geschmeichelt von ihr und erhoffte sich mehr.

In der Mittagspause, nach dem Essen, machte ich wie gewöhnlich meinen Rundgang durch den anliegenden Park. Da sah ich Wolfram in seinem unverkennbaren, himmelblauen Sakko auf der Parkbank sitzen und neben ihm Frau Schneider. Eng umschlungen küssten sie sich wie ein ausgehungertes Liebespaar, das vor Leidenschaft übereinander herfällt. Erschrocken schaute ich weg und wollte nicht erkannt werden. Unbemerkt wagte ich noch einen kurzen Blick zur Parkbank, um ganz sicherzugehen, dass ich mich nicht getäuscht hatte.

Verwirrt ging ich zurück ins Musikhaus und wartete auf beide, die auch pünktlich wieder nach der Mittagspause im Haus erschienen. Der Lippenstift von Frau Schneider hatte Spuren auf Wolframs Gesicht hinterlassen. Ich hatte mich nicht getäuscht. Wie konnte sie das mit ihrem Gewissen vereinbaren, als frisch vermählte Frau, dachte ich.

Am nächsten Tag fand Frau Schneider ihr nächstes Opfer. Jürgen, unser Techniker, verheiratet, zwei Kinder. Sie flirtete schon am Vormittag mit ihm und beide gingen in der Mittagspause zusammen aus dem Geschäft. Ob es wohl wieder die Parkbank wird, fragte ich mich und lief nach dem Mittagessen wieder in den Park.

Mein Blick ging erneut in Richtung Parkbank. Tatsächlich saßen sie da, der verheiratete Techniker und Frau Schneider. Ineinander verschmolzen wie ein Liebespaar, bemerkten sie nicht, wie ich den Austausch ihrer intensiven Zungenküsse beobachtete. Was ist nur mit dieser frisch verheirateten Frau Schneider los, dachte ich.

Am nächsten Abend gab es eine Firmen-Besprechung in der Pizzeria gegenüber vom

Musikhaus. Alle Mitarbeiter waren eingeladen. Zu später Stunde, nachdem alle betriebsbedingten Aufgaben abgehandelt waren, setzte sich Frau Schneider neben mich. Es war weit nach Mitternacht und nur noch der harte Kern der Mitarbeiter vom Musikhaus verblieb im Restaurant. Unser dicker Topverkäufer Diddi setzte sich zu mir an den Tisch, an dem auch Frau Schneider saß. Ein neues Prospekt fiel zu Boden. Als ich es aufheben wollte, sah ich, wie Frau Schneider ihre Beine unter dem Tisch weit spreizte. Sie streckte mir ihre langen Beine entgegen und ich sah ihre schwarzen, halterlosen Strümpfe. Topverkäufer Diddi machte jetzt richtig einen los und bestellte Champagner für Frau Schneider. Es blieb nicht bei einem Glas und die Stimmung wurde immer ausgelassener.

»Ich wette, dass Frau Schneider es nicht schafft, heute den Chef zu verführen«, sagte Diddi in die Runde. Großes Gelächter breitete sich aus. »Das ist mein voller Ernst!«, sagte er und legte eintausend Euro auf den Tisch. »Schafft Frau Schneider es heute Nacht, gehören ihr die eintausend Euro.«

Verzweifelt versuchte Frau Schneider nun, mich zu beeinflussen und erzählte mir von ihren neuen, geilen Strapsen in ihrer Handtasche und dass sie schon immer mit dem Gedanken gespielt hat, es mal mit ihrem Chef zu treiben, sich aber aus Angst vor einer Abfuhr bis heute nicht getraut hat. »Bitte Chef, lass es uns heute machen«, sagte sie und versuchte, mich zu überreden, dass ich diese Nacht mit ihr verbringe.

Mich widerte diese Art der Anmache derart an, dass ich die Rechnung bestellte und das Restaurant verließ. Beim Rausgehen sah ich noch, wie Frau Schneider sich die Tränen aus den Augen wischte und der dicke Diddi lächelnd seine eintausend Euro wieder vom Tisch nahm. Das hatte Wirkung hinterlassen.

Schon ab dem nächsten Tag stellte Frau Schneider ihre sexuellen Anzüglichkeiten im Musikhaus ein. Ihre Ehe war nach einem halben Jahr gescheitert.

16 Der Tresor

Die Umsätze stiegen stetig im Musikhaus und gleichzeitig mit ihnen die Kriminalität. Die Devise lautete, sofort handeln, um zukünftigen Diebstählen vorzubeugen. Erst in den vergangenen Tagen wurde bei einem Überfall Bargeld aus der Ladenkasse gestohlen.

Wir entschieden uns zum Kauf eines Tresors, mit genügend Platz im Innenraum für wichtige Aktenordner und Versicherungspolicen. Der existierende Tresor im Büro hatte ausgedient. Nach vielen Kostenvoranschlägen und Vergleichen bestellten wir ein vier Zentner schweres Monstrum. Bevor der Tresor geliefert wurde, sahen wir uns noch mal die Maße der Bürotür an, durch die er durchmusste.

»Das Ding ist zu klobig für die Bürotür. Das Monster wird nicht durchgehen«, sagte ein Mitarbeiter des Musikhauses.

Jetzt gab es ein Problem mit der Größe. Für den nächsten Tag war die Anlieferung geplant. Ich einigte mich mit dem Kassenpersonal, dass wir den Tresor in den Keller stellen. Zwar war die Kellertreppe von der Breite her ideal, das Gefälle dafür extrem steil. Da es von einer gewissenhaften Transportfirma erledigt wird, die seit vielen Jahren alles in den Griff bekommt, wird das keine gewaltige Aktion werden, vermutete ich.

Am nächsten Morgen, pünktlich um zehn Uhr, traf die Transportfirma ein. »Guten Morgen, Firma Hoffmann, wo soll denn das gute Stück hin?«, fragte einer der vier Männer.

»Am besten bringen Sie den Tresor in den Keller«, antwortete ich.

Der Chef der vier muskelbepackten Männer schaute sich die Kellertreppe an. »Jungs kommt mal, schaut euch das mal an.«

Ich konnte an seinem Gesicht gut erkennen, dass es keine leichte Aufgabe sein würde, das Monster die Treppen runterzutragen. Zwar hatten die Männer verschiedene Tragegurte dabei, aber das Gewicht des Tresors von vier Zentnern war nicht zu unterschätzen.

Am unteren Ende der Kellertreppe war an der Wand, in Hüfthöhe, ein großes Abwasserrohr montiert. Dieses durften sie auf keinen Fall beschädigen. In Gedanken sah ich das Lager im Keller schon als große Sickergrube vor mir. Nein, es wird schon alles gut klappen, immer positiv denken, redete ich mir ein. Ich wollte dabei bleiben, wenn das große Monster gleich in den Keller geschleppt wird.

Zwei Männer banden sich die breiten Tragegurte um und schleppten das „Ding" erst einmal bis zur Kellertür. Der Anfang war geschafft. Sie machten eine kurze Pause und schauten auf die steile Kellertreppe. »Na das wird ja jetzt richtig spannend hier runter«, sagte Bernie, der Jüngste aus der Truppe.

»Das packen wir schon, auf geht's Jungs«, entgegnete ihm sein Chef.

Den Tresor im Gurt, einer vorn, der Zweite hinten, nahmen sie die ersten zwei Stufen in Angriff. Die anderen beiden Männer standen jeweils an den Seiten des Tresors. Sie gingen die ersten Stufen ohne Probleme hinab. Je tiefer sie die Treppe runterliefen, umso schwerer wurde das Gewicht für den Vordermann. Jetzt hatten sie ungefähr die Hälfte der Kellertreppe hinter sich. Ich wollte gerade aufatmen, da schrie Bernie wie am Spieß: »Ich kann nicht mehr, es wird hier vorn zu schwer!«

Sofort wechselte einer der Männer, der seitlich stand, seine Position, um Bernie vorn zu Hilfe zu eilen. Das ging noch mal gut, Erleichterung war in Sicht. Nun waren es nur noch fünf Stufen bis zum Abwasserrohr. Alles schien glatt zu laufen.

Auf den letzten Stufen vor dem Abwasserrohr rutschte Bernies Kollege vorn ab und rettete sich durch einen seitlichen Sprung, um nicht vom Gewicht des Tresors zerquetscht zu werden. Aber was war mit Bernie, der jetzt vorn wieder ganz allein das ganze Gewicht zu tragen hatte? Hinter ihm befand sich die Mauerwand mit dem Abwasserrohr. Vor seinem Bauch der inzwischen sehr in die Schräglage gekommene schwere Tresor. Bernie sah blass aus und stöhnte: »Leute, zieht da oben stärker am Gurt, oder ich bin tot.«

Zurück konnten sie nicht mehr. Bernie befand sich in einer extrem gefährlichen Lage.

»Bernie, halte durch, Junge«, schrie sein Chef von der anderen Seite des Tresors.

Zwei Angestellte, die das Drama von oben an der Kellertreppe beobachteten, waren hilflos, denn es war auf der schmalen Treppe kein Platz mehr vorhanden, um zu helfen. Sie mussten zusehen, wie der Chef und sein Mitarbeiter alle vorhandenen Kraftreserven aufbrachten, um Bernie vor dem sicheren Tod zu bewahren. Bernie war inzwischen kalkweiß und wimmerte vor Schmerzen, denn eine Ecke des Tresors bohrte sich so langsam in seinen Bauch. Er schrie: »Helft mir, zieht, ich kann nicht mehr!«

Verzweifelt kämpften sie jetzt um jeden Zentimeter, um Bernies eingequetschten

Bauch zu entlasten. Ich hatte eine Idee und rannte in unsere Werkstatt, um zwei dicke Ein-Meter-Holzbohlen zu holen.

Als ich zurückkam und mich die Kellerstufen hinunter am Tresor vorbeiquetschte, sah ich, dass Bernie schon das Bewusstsein verloren hatte und blau angelaufen war. In Sekundenschnelle rammte ich mit einem Hammer die beiden Holzbohlen als Stütze zwischen Tresor und Wand. Unglaublich, das hielt! »Jetzt nicht die Gurte loslassen, ich ziehe Bernie jetzt langsam raus«, schrie ich nach oben. Kaum hatte ich ihn aus dieser tödlichen Position befreit, brachen unmittelbar hinter uns die zwei angebrachten Holzstützen zur Seite weg. Der Tresor knallte mit voller Wucht gegen die Wand. Glücklicherweise blieb das Abwasserrohr unbeschädigt.

Bernie hatte inzwischen sein Bewusstsein wiedererlangt und wurde zusammen mit seinem Chef, der unter Schock stand, zur Kontrolle ins Krankenhaus gebracht. Der Glaube daran, dass dieser Tresor jemals wieder aus dem Keller hochgetragen wird, fällt mir schwer.

17 Gitarre platzt beim Einpacken in tausend Stücke

In der heutigen Zeit werden akustische Gitarren, die mit einem Tonabnehmer ausgestattet sind, immer beliebter. Man kennt sie auch als Westerngitarren.

Das Musikhaus war gerade gut besucht, als an einem Novembernachmittag ein bekannter Folklore-Sänger die Gitarrenabteilung besuchte. Er schaute sich zuerst ganz allein die edlen Instrumente an. Erst etwas später bat er dann einen Mitarbeiter um Hilfe. Bei der großen Auswahl an Akustik-Gitarren war es nicht einfach, das Passende zu finden. Er suchte nach einer neuen Gitarre mit Tonabnehmer, die er dann auf der Bühne verstärken wollte. Es sollte etwas sehr Gutes sein und der Mitarbeiter führte ihm die besten Gitarren vor. Der Musiker wollte die neue Gitarre auf eine bevorstehende Tournee mitnehmen. Also musste auch der Klang über einen Verstärker exzellent klingen. Er probierte und spielte und hatte nach wenigen Modellen schon die richtige Gitarre gefunden. Alles passte, Klang, Spielbarkeit, Qualität, und auch über den Verstärker war er mit dem Klang der Gitarre sehr zufrieden. »Ein teures Teil, so viel wollte ich eigentlich nicht ausgeben« sagte er. »Können Sie mir die Gitarre schön stabil einpacken? Einen Koffer dafür habe ich zu Hause.«

Wir packten die Gitarre ein, wie wir es jeden Tag x-mal machten: Zuerst stülpen wir einen Plastikbeutel über die Gitarre. Dann kommt sie in den Originalkarton, der dann letztendlich mit Klebeband verschlossen wird. Noch einen Tragehenkel dran und fertig ist die Gitarre für den Transport. So auch bei dieser teuren Gitarre mit Tonabnehmer, die nun fertig verpackt auf dem Verkaufstisch lag.

Als der Musiker seine Scheckkarte in das EC-Terminal steckte, um die Ware zu bezahlen, hörten wir am Verkaufstresen sehr merkwürdige Knistergeräusche aus dem Karton. Verwundert schauten wir uns alle an. Das hatten wir bislang noch nie erlebt.

»Da ist im Karton bestimmt noch ne Maus mit drin«, scherzte eine Kundin, die unmittelbar am Kassentresen stand.

Die Zahlung war nun über das Terminal abgeschlossen. Erstaunt schaute der Musiker auf seinen Karton, denn auch er hatte die Geräusche aus dem Karton wahrgenommen. »Da stimmt etwas nicht, würden Sie so freundlich sein und den Karton noch mal öffnen?«

Kaum hatte er das letzte Wort „öffnen" ausgesprochen, da explodierte der ganze Karton vor unseren Augen. In Sekundenschnelle verwandelte sich der Kassentresen in ein Inferno. Hunderte von Papierfetzen und Holzteilen wirbelten durch die Luft. Kunden, die an der Kasse standen, gingen in Deckung. Vielleicht knallte es ja gleich noch mal.

In Hockstellung warteten alle auf den zweiten Knall. Kunden, die gerade das Musikhaus betraten, trauten ihren Augen nicht: Verkaufspersonal und Kunden, alle in Hockstellung am Kassentresen. Was für ein Anblick! Außer einem Schreck trug zum Glück niemand eine Verletzung davon. Der zweite Knall blieb aus und ganz langsam tasteten wir uns an den völlig zerfetzten Karton ran. Was war geschehen?

Niemand hatte bislang eine Erklärung für diese Explosion. Nachdem wir den Kassentisch wieder einigermaßen salonfähig gemacht hatten, schauten wir uns den Karton genauer an. Die teure Gitarre mit Tonabnehmer war mit defekten Lithium-Batterien ausgestattet, die dann letztendlich für den Kurzschluss sorgten. Auf ein Ersatzinstrument verzichtete der schockierte Profi-Musiker und stornierte sofort seine getätigte Kartenzahlung, bevor er dann fluchtartig das Haus verließ.

18 Kundin möchte sexuelle Handlungen im Laden praktizieren

Eines meiner extremsten Erlebnisse im kuriosen Musikhaus hatte ich als ich Angestellter.

In meiner Freizeit spielte ich in bekannten Popbands am Schlagzeug und kannte mich mit allem, was klappert, besonders gut aus. Schnell hatte ich im kuriosen Musikhaus erfolgreich die Schlagzeug/Percussion-Abteilung übernommen. Meine Kundschaft war sehr unterschiedlich, von der Bigband bis zur Solosängerin. Jeder wollte immer die neuesten Rhythmusinstrumente auf der Bühne zeigen.

In diesem Jahr gab es wieder mal eine Messeneuheit in diesem Bereich. Es waren „Shaker", mit Reis oder kleinen Steinen gefüllte Kugeln mit Griff, ähnlich der Baby-Klapper. Diese Shaker wurden nun in Frucht- und Gemüseformen angeboten. Ich versprach mir von dieser Messeneuheit einen großen Umsatz und bestellte alle Variationen der neuen Modelle. Nicht zuletzt, weil sie so dekorativ aussahen. Mit ihren freundlichen, grellen Farben und dem neuen Früchtedesign brachten sie, neben den herkömmlichen Rumbakugeln, die meistens nur schwarz-weiß lackiert waren, viel Leben in die Verkaufsauslagen.

Die Nachfrage wurde von Woche zu Woche immer größer. Als ich das Schaufenster mit vier Kisten dekorierte, mussten jede Woche kistenweise neue Früchte- und Gemüse-Shaker bestellt werden. Der Run auf diese neuen Shaker war so groß, dass ich an manchen Tagen das Gefühl hatte, kein Musikalienhändler, sondern ein Gemüsehändler zu sein.

An einem ruhigen Vormittag besuchte mich eine ältere, attraktive Dame in meiner Percussion-Abteilung. Interessiert schaute sie sich in aller Ruhe die verschiedenen Rhythmusinstrumente an. Aufgefallen war mir sofort ihr stark geschminktes Gesicht, aber das passte irgendwie zu ihrer Aufmachung. Plötzlich nahm sie einen von den neuen Bananen-Shakern in die Hand und schüttelte ihn freudig. »Das ist ja wunderbar! Wissen Sie, ich bin Sängerin und ich liebe den Rhythmus über alles, und dann noch so schön gemacht als Banane.«

Ich zeigte ihr nun alle neuen möglichen Varianten und sie probierte verschiedene Früchte- und Gemüse-Shaker aus. »Die klingen ja alle sehr unterschiedlich«, sagte sie.

»Ja, das stimmt, je nach Form und Füllung.«

»Ich möchte so etwas Ähnliches haben wie die Banane, die gefällt mir schon sehr gut.« Sie streichelte das gute Stück, als wäre es ein Baby und lächelte mich dabei an.

»Ich hätte hier noch eine Karotte, eine Zucchini oder eine Aubergine, die von der Form her ähnlich aussehen.«

»Hm, Sie bringen mich ganz durcheinander mit diesen vielen schönen Früchten.«

Dabei sah ich, wie sie die Banane unter ihr Kleid schob und sich damit an ihrem Schritt rieb. Irgendwie hatte mich die ganze Situation jetzt schockiert, zugleich aber auch sehr erregt und ich tat so, als hätte ich nichts gesehen.

»Ich mache Ihnen einen Vorschlag. Ich werde verschiedene Shaker kaufen, ich muss die nur noch zusammen mit meinem Gesang ausprobieren«, sagte sie dann.

»Wie stellen Sie sich das vor, ich habe hier im Verkaufsraum kein Gesangsmikrofon für Sie zum Ausprobieren.«

»Ganz einfach, Sie kommen nach Feierabend mal kurz zu mir nach Hause und bringen Ihr Sortiment mit. Ich wohne gleich um die Ecke, nicht weit entfernt von hier«, antwortete sie.

Ich war erregt von dem, was ich gesehen hatte und willigte ein, sie am gleichen Abend mit dem Sortiment unter dem Arm zu besuchen. Was sollte das für ein Abend werden, dachte ich. Sie hatte sich aus dem Sortiment nur Shaker rausgesucht, die einem Phallus ähnelten.

An diesem Nachmittag konnte ich keinen klaren Gedanken mehr fassen und fieberte dem Abend entgegen.

Sie wohnte gleich um die Ecke vom Musikhaus, in einer Sieben-Zimmer-Altbauwohnung. Es war zwanzig Uhr, ich stand vor ihrem Haus und drückte auf die Klingel neben ihrem Namensschild.

»Erster Stock, links«, ertönte ihre sanfte Stimme aus der Gegensprechanlage. Mit gemischten Gefühlen ging ich das Treppenhaus hoch. Sie hatte ihre Wohnungstür schon geöffnet, als ich oben ankam. Eine perfekt gestylte Sängerin älteren Jahrgangs stand vor mir. Ihre schwarzen Netzstrümpfe glitzerten durch einen langen, schmalen Schlitz im Kleid hindurch.

»Guten Abend, Frau Schmidt, ich habe alles zum Ausprobieren mitgebracht«, sagte ich.

»Das ist schön, kommen Sie rein, hören Sie, mein Playback läuft schon im Hintergrund.«

Das Wohnzimmer ähnelte mehr einem Tanzsaal. Es war spartanisch eingerichtet, an einer Seite der Wand war ein riesiger Spiegel.

»Das ist mein Lieblingsraum, hier mache ich meine Gesangsproben«, sagte sie.

Ich packte das mitgebrachte Sortiment mit den Shakern aus und sie griff zur Banane.

»Ich muss das jetzt mit dem Playback zusammen ausprobieren.« Sie machte die Musik lauter und fing, mit der Banane in der Hand, an zu tanzen. Ihre Stimme klang sehr professionell zum Playback. »Nicht schlecht, klingt doch gut und liegt angenehm in der Hand diese Banane«, sagte sie und lachte dabei. »Ich möchte mal die Zitrone ausprobieren.« Sie nahm die Zitrone aus dem Karton und schüttelte sie im Rhythmus der Musik.

Auf dem kleinen Tisch neben der Stereoanlage lag eine Tube. Ich konnte in der Dunkelheit im Raum nicht erkennen, was auf dem Etikett stand. Sie tanzte bis zum Tisch, öffnete die Tube und schmierte die Zitrone damit ein. Nun sah ich, wie die Zitrone zwischen ihren Schenkeln verschwand. Sie tanzte vor ihrem großen Spiegel an der Wand, während ich vor Verlegenheit in meinem Früchtesortiment wühlte. Noch nie in meinem Leben hatte ich so etwas Extremes gesehen.

»Jetzt probiere ich noch die Zucchini aus«, sagte sie und im gleichen Moment ging sie in die Hocke und drückte die Zitrone aus ihrem Unterleib.

Auf keinen Fall konnte ich diese Schleim-Shaker jemals wieder in das Musikhaus mit zurücknehmen. Sie hatte sich jetzt den Zucchini-Shaker in ihr feuchtes Möschen geklemmt und bewegte ihre Hüften so sehr, dass ich das Rasseln der Shaker-Füllung hörte.

»Ist das nicht irre schön?«, fragte sie mich.

Ich war verärgert und wollte dieses Spiel nicht länger ertragen. Ich wollte gehen, aber die beschmutzte Neuware wollte ich auf jeden Fall noch bezahlt haben. »Na, Frau Schmidt, was nehmen wir denn bitte, ich muss gehen, der Tag war lang genug.«

»Nein, dass können Sie mir doch nicht antun, ich möchte doch alle noch durchprobieren.«

»Nein, so viel Zeit habe ich nicht, aber ich mache Ihnen ein Angebot«, antwortete ich leicht verärgert.

»Ich brauche kein Angebot, ich nehme das ganze Sortiment. Schauen Sie auf den kleinen Tisch, da liegt Ihr Geld schon bereit. Genügend Geld, nehmen Sie alles, was da liegt und gehen Sie. Wiedersehen und vielen Dank.« antwortete sie und tanzte pausenlos, mit der Shaker-Frucht in ihrem Möschen, vor dem Spiegel weiter.

Völlig verwirrt, aber dennoch erleichtert, weil sie die beschmierte Neuware bezahlt hatte, entfernte ich mich schnellstens aus ihrer Wohnung.

19 Betrunkener Fotograf

Es war wieder mal so weit. Jedes Jahr im Herbst fertigten wir einen neuen Katalog für unsere Kunden an. Die Fotos von den einzelnen Musikinstrumenten machten wir selbst im Haus. Nur die Innenaufnahmen von den jeweiligen Abteilungen sollte ein professioneller Fotograf übernehmen. Wir standen unter Zeitdruck, denn unser Hausfotograf hatte keine Termine mehr frei. Auf Empfehlung eines Stammkunden rief ich einen anderen professionellen Fotografen an und machte mit ihm einen zügigen Termin für den nächsten Tag aus. Ein wenig stutzig war ich schon, konnten doch alle anderen Fotografen, die ich anrief, erst in den nächsten Wochen Termine vergeben. Aber man sollte ja immer positiv denken und sich auch auf Neues einlassen, dachte ich.

Wir hatten am nächsten Morgen schon alles für die Aufnahmen vorbereitet und die Ware dementsprechend dekorativ für die Schlagzeug-Abteilung präsentiert. Wir benötigten nur noch zwei Gesamtaufnahmen von den vielen aufgebauten Schlagzeugen. Um elf Uhr, pünktlich, wie vereinbart, kam dann der neue Fotograf mit seiner Fotoausrüstung in unser Musikhaus. Ein schlanker, hagerer Typ Mitte vierzig.

»Morjen, was soll denn abjelichtet werden«, fragte er.

Ich zeigte ihm die Schlagzeug-Abteilung.

»Dit jeet ja nur von oben, wenn allet ruff soll«, nuschelte er vor sich hin. »Ick brauch ne Leiter, sonst jeet dit nich.«

Wir holten eine Sechs-Stufen-Aluleiter und stellten sie ihm bereit. Alle Mitarbeiter gingen weiter ihrer Arbeit nach und ließen den Fotografen allein im Raum, damit er ungestört seine Fotos schießen konnte.

Nach etwa zwanzig Minuten hörten wir einen ohrenbetäubenden Lärm aus dem Schlagzeug-Raum. Es klang nach Metallplatten, die auf den Boden fielen. Ich stürmte in die Abteilung und sah den Fotografen mit seiner Kamera fluchend am Boden liegen. Über ihm waren unzählige Ständer und Schlagzeug-Becken.

»Was ist passiert? Haben Sie sich verletzt?«, fragte ich ihn.

»Nee, ick bin nur über die janzen Ständer jestürzt, dabei sind dann die Schlagzeug-Becken runterjefallen, keen Problem.«

»Kommen Sie zurecht, oder soll Ihnen jemand behilflich sein?«

»Nee, allet juut«, antwortete er, wobei mir seine starke Alkoholfahne entgegen kam.

Wir stellten die Ständer mit den Becken wieder auf und verließen den Raum. Langsam machte ich mir Gedanken, ob er der richtige Fotograf für uns war.

Nach fünf Minuten ging ich nochmals in den Schlagzeug-Raum zurück, da mich die Alkoholfahne beunruhigte. Als ich die Tür nur einen kleinen Spalt öffnete, um ihn bei seiner Arbeit nicht zu stören, sah ich den Fotografen auf der Leiter stehen. Er balancierte auf der Leiter mit der Kamera in der Hand wie ein Artist auf dem Trapez. Ich hatte keinen Akrobaten bestellt, sondern einen Fotografen, dachte ich. Als ich die Tür ganz öffnete, sah ich, wie die Leiter kippte. Der Fotograf befand sich im freien Fall direkt in Richtung eines unserer teuersten Schlagzeug-Sets.

»Was machen Sie denn da!?«, brüllte ich wütend.

»Janüscht, nur umjefallen«, hörte ich ihn am Boden liegend ächzen.

Als ich mich seinen Kamerataschen näherte, entdeckte ich in einer der Objektivhüllen etliche mit Schnaps gefüllte Flachmänner. Über die Hälfte der kleinen Schnapsflaschen waren schon ausgetrunken.

Du musst sofort handeln, dachte ich. »Stehen Sie auf, packen Sie Ihre Sachen zusammen und verschwinden Sie ganz schnell!«, schrie ich ihn an. In dem Moment sah ich, wie Blut aus seiner Schläfe austrat. Beim Aufprall auf eine der Trommeln hatte er sich eine Kopfplatzwunde zugezogen. Ich zog ihn hoch und merkte, dass er durch seinen Alkoholkonsum nicht mehr in der Lage war, aufrecht zu stehen.

Ich setzte ihn auf einen Stuhl und versorgte zuerst seine Kopfplatzwunde mit einem Kopfverband. Dem Fotografen war die Situation sichtlich peinlich und er bat uns unter Tränen unaufhörlich um Entschuldigung. Ein kaputtes Schlagzeug, fünf verbeulte Schlagzeug-Becken und eine Blutlache waren das Ergebnis dieses Vormittags.

Ein Taxi wurde für den alkoholisierten Fotografen gerufen. Mit seinen Kamerataschen und dem neuen, weißen Turban um den Kopf gewickelt, trugen wir ihn ins Taxi. Entsetzt standen die Mitarbeiter an der Eingangstür, so etwas hatten sie noch nicht erlebt. Die zwei Fotos für den Katalog machten wir am nächsten Tag in eigener Regie.

20 Bombenalarm im Musikhaus „Kurios"

Kaum stand im Büro mein Frühstückskaffee auf dem Tisch, klingelte das Telefon. Meine Chefsekretärin nahm ab und hörte am anderen Ende der Leitung eine Männerstimme: »Hören Sie jetzt mal gut zu. In einer Stunde, genau um zwölf Uhr, geht eine Bombe in Ihrem Musikhaus hoch. Die entsprechenden Leute wissen schon, warum.« Dann legte er auf.

Ich fragte meine Sekretärin, wer am Telefon war. Sie schaute mich an und sagte: „Bombenalarm."

Ich sah ihr blasses Gesicht und ihre zitternden Hände. »Was? Bombenalarm, wo?«, fragte ich.

»Hier bei uns um zwölf Uhr soll eine Bombe hochgehen, sagte der Mann am Telefon.«

»Wer war denn dran, hat er einen Namen genannt?«

»Nein keinen Namen, nur, dass die entsprechenden Leute schon wüssten, warum, sagte er mir und legte auf.«

Sollte ich diese Bombendrohung jetzt als Scherz auffassen oder war sie ernst gemeint? Es geht um fünfundvierzig Mitarbeiter und eventuell noch um andere Hausbewohner. Ich rief sofort meine Direktverbindung zur Kripo an und schilderte den Fall.

Der Hauptkommissar sagte: »Alle Mitarbeiter sofort raus aus dem Haus, alle evakuieren. Wir kommen mit Spezialeinheiten.«

Ich machte eine Rundmeldung über die Sprechanlage im Haus: »Alle sofort auf die Straße, wir haben Bombenalarm.« Im Hintergrund hörte ich die ersten Schreie der in Panik geratenen Mitarbeiter. So langsam wurde mir bewusst, wie viele Menschenleben sich in höchster Gefahr befanden. Auf jeden einzelnen Mitarbeiter wurde geachtet, niemand sollte sich noch in den Räumen befinden.

Auf der Straße hatte sich inzwischen eine schaulustige Menschenmenge gebildet. Mittendrin standen die Mitarbeiter des Hauses. Es war 11:30 Uhr und die Polizei sperrte das ganze Areal ab. Spezialeinheiten prüften die Räume des Musikhauses und verständigten vorsorglich alle Nachbarn des großen Mietshauses mit über sechzig Wohnungen.

Einer meiner Mitarbeiter verfolgte mich, als wollte er mir etwas Wichtiges sagen.

»Was haben Sie, Herr Weingärtner«, fragte ich ihn instinktiv.

»Ich weiß nicht, ob das jetzt richtig ist,

Ihnen eine Story von heute Nacht zu erzählen.«

Ich dachte im Augenblick nicht, dass es wichtig war, vom Weingärtner eine Nachtstory zu hören, denn hier ging es augenblicklich um viele Menschenleben. Es war Punkt zwölf Uhr und alle starrten gebannt auf das Musikhaus „Kurios". Es war eine meiner schwersten Stunden. Wenn jetzt die Bombe hochgeht, wäre das ein Albtraum, dachte ich. Die Zeit verging, nichts passierte und um 12:30 Uhr wurde das Musikhaus von der Polizei wieder freigegeben.

Mir fiel ein Stein vom Herzen, aber was hatte das alles zu bedeuten? Ich wurde weder erpresst, noch hatte ich irgendwelche Diskrepanzen mit Kunden.

Die Lage hatte sich beruhigt und der Geschäftsverkehr im Musikhaus verlief wieder normal. Nun hatte ich Zeit für Weingärtners Nachtstory und bestellte ihn in mein Büro. Erstaunt war ich über sein rotes, verheultes Gesicht, als er sich auf den Stuhl setzte. »Ich muss Ihnen etwas erzählen, das mit der Bombendrohung ist mir so peinlich«, sagte er und heulte.

Als ich ihn etwas beruhigen konnte, erzählte er mir von seinem gestrigen Erlebnis nach

Feierabend. Zusammen mit dem dicken Diddi aus der Elektronik-Abteilung sei er noch ein Bier trinken gegangen. Danach überredete Diddi Herrn Weingärtner zu einem Besuch in einen Nobelpuff im Süden von Berlin. Weingärtner freute sich über die Einladung, denn er verdiente nicht halb so viel wie Diddi.

Dort angekommen, tranken sie und feierten ausgelassen mit den Animierdamen bis spät in die Nacht. Weingärtner bemerkte zu später Stunde, dass der dicke Diddi nicht von der Toilette zurückgekehrt war und suchte ihn vergeblich. Eine der Animierdamen bescheinigte Weingärtner, dass sie Diddi gerade vor der Tür gesehen hatte, wie er in seinen Porsche einstieg. Weingärtner war verzweifelt, hätte er sich nur nicht auf seinen Kollegen eingelassen. Die Bedienung spürte seine Nervosität und brachte ihm die Rechnung. Weingärtner schaute verdutzt, als er auf die Rechnung sah, denn Diddi hatte nur seinen Teil bezahlt. Weingärtner wurde nicht eingeladen, sondern von Diddi verladen. Der Chef des Nobelbordells nahm sich der Rechnung Weingärtners an und bedrohte ihn. Unmöglich konnte er diese hohe Summe bezahlen, nicht einmal abzahlen, da er viele andere Verpflichtungen hatte. Der Bordell-Chef fragte nach Weingärtners Arbeitsstätte und drohte schließlich mit einer Bombe im Musikhaus, falls die Bordell-Rechnung nicht bis zehn Uhr des nächsten Morgens beglichen würde. Nur um sich aus dieser misslichen Lage zu befreien, willigte Weingärtner ein, obwohl er genau wusste, dass er so viel Geld bis um zehn Uhr in der Früh nicht aufbringen konnte.

Als er zu seinem Auto ging, stellte er fest, dass seine Autoantenne abgeknickt war und hörte noch einen Nachruf: »Du siehst, wir machen keinen Spaß, also sieh zu, dass die Kohle bis morgen um zehn Uhr hier ist, sonst gibt es die angesagte Bombendrohung in deiner Arbeitsstätte!«

Aus dieser äußerst unkollegialen und miesen Handlung zog ich meine Konsequenzen und kündigte dem dicken Diddi am nächsten Morgen fristlos. Weingärtner wurde vorsichtig bei zukünftigen Einladungen seiner Kollegen und war zugleich erleichtert, dass seine Ehefrau nichts von dem Vorfall erfahren hatte.

21 Klavierverkauf mit Scheidung

Unsere Akkordeon-Abteilung war von außen durch das große Schaufenster gut zu sehen. Viele Akkordeon-Kunden schauten zuerst immer durch dieses interessante Fenster, bevor sie unser Musikhaus betraten. Ich kannte im Laufe der vielen Jahre schon die gierigen Gesichter, die sich die Nase an der Scheibe plattdrückten und immer auf der Jagd nach Neuheiten oder Schnäppchen waren.

Einen von diesen „Sehleuten" (nichts kaufen, nur sehen) hatte ich noch nicht persönlich kennengelernt: den großen, schlanken Mann mit Brille, um die fünfzig Jahre alt, der jeden Freitag pünktlich um siebzehn Uhr für mehrere Minuten am Schaufenster stand, ohne jemals das Haus zu betreten.

Es war wieder mal Freitag um siebzehn Uhr und ich ging zum Akkordeon-Schaufenster. Da stand er wieder, dieser markante, konservative Typ. Im Sommer wie im Winter hatte er immer die gleiche Kleidung an: einen langen, schwarzen Ledermantel, ein weißes Oberhemd, von dem nur der auffällige Halskragen zu sehen war und eine schwarze Hose mit exakter Bügelfalte.

Heute wollte ich ihn endlich kennenlernen. Ich ging raus und begrüßte ihn: »Ich wollte Sie schon immer mal ansprechen, Sie spielen bestimmt Akkordeon.«

Erstaunt schaute er mich an und antworte mit zitternder Stimme: »Oh, das ist ja schön, dass Sie mich ansprechen. Gestatten, mein Name ist Paul Möser. Ich hege schon lange den Wunsch, einmal Ihre schönen Akkordeons anzuspielen, aber ich habe mich nie getraut.«

»Dann kommen Sie mal mit rein ins Haus und schauen sich die Akkordeons an. Gern können Sie auch die Instrumente anspielen.«

Wir gingen gemeinsam in die Akkordeon-Abteilung und er probierte einige Akkordeons aus. Wie ein kleiner, glücklicher Junge strahlte Möser. Ich spürte aber auch seine Nervosität vor Freude und sah, wie sich große Schweißperlen an seinen Geheimratsecken bildeten. Auch sein weißes Oberhemd war klitschnass.

»Das möchte ich so gern haben, diese hier«, sagte er und zeigte mit seiner großen Hand (wo man am Ringfinger den dicken, goldenen Ehering sah) auf ein kleines, weißes Akkordeon aus China.

»Machen wir doch gern, Sie bekommen sogar noch einen schönen Koffer dazu.« Nach meinem letzten ausgesprochenen Satz verwandelte sich Mösers lustiges Clowns-Gesicht in ein ganz trauriges.

»Was haben Sie?«, fragte ich.

Möser senkte seinen Kopf und sagte mir ganz leise: »Kann ich heute etwas anzahlen und nächste Woche den Rest bringen? Ich möchte doch nicht, dass es bis nächste Woche anderweitig verkauft wird. Ich habe mich so verliebt in dieses kleine, hübsche Wunderwerk.«

»Aber ganz sicher, Herr Möser! Es ist Ihr Instrument, wenn Sie etwas anzahlen. Das Instrument wird gleich in unser Lager gebracht und steht dann zur Abholung für nächste Woche bereit.«

Da war es wieder, dieses freudige Lächeln in seinem Gesicht, wie ein lustiger Clown in einer Zirkus-Arena. Er umarmte mich vor Freude und ich spürte sein klitschnasses, verschwitztes weißes Oberhemd an meinem Körper. Voller Freude zahlte er einen kleinen Betrag an und verabschiedete sich von mir mit den Worten: »Sie wissen ja gar nicht, wie glücklich Sie mich gemacht haben.«

Wir hatten als Abholtermin den kommenden Freitag vereinbart, aber Herr Möser konnte nicht warten und holte das Akkordeon schon am nächsten Tag bei uns ab. Er strahlte vor Begeisterung.

Nach zwei Tagen, am Montag um siebzehn Uhr, besuchte uns Herr Möser erneut. Er hatte das gekaufte Akkordeon dabei.

»Nanu, Herr Möser, stimmt was nicht mit dem Instrument?«, fragte ich ihn.

»Doch, schon ...«, antwortete er und ich sah, wie sich Tränen hinter Mösers großer, schwarzer Brille bildeten. Er setzte sich auf einen Stuhl und öffnete den Akkordeon-Koffer. »Hier, schauen Sie mal«, sagte er zu mir. »Das Ding kommt aus China, ich möchte kein chinesisches Akkordeon haben.« Er heulte in seinem langen Ledermantel wie ein Schlosshund.

»Beruhigen Sie sich doch erst mal, wir werden schon eine Lösung finden«, antwortete ich.

Möser heulte nun noch intensiver und schrie immer wieder: »Nein, kein chinesisches, bitte!« Ihm rutschte seine große, schwarze Brille von der Nase und fiel auf den Boden. »Nein, kein chinesisches, bitte!«

Irgendetwas stimmt mit seinem Nervenkostüm nicht, dachte ich, denn er hatte plötzlich einen hochroten Kopf. Ich war gefordert,

Ruhe in die ganze Angelegenheit zu bringen, es war später Nachmittag und das Musikhaus war voller Kunden, die entsetzt und neugierig auf uns gafften. Ich eilte in das Akkordeon-Lager und griff mir ein gleichwertiges, italienisches Akkordeon-Modell, das ich ihm vorlegte.

»Ja, das ist schön«, sagte er, und ich sah wieder, wie sein verheultes, trauriges Clowns-Gesicht sich sofort in ein lustiges verwandelte.

»Sie sind ein Schatz«, sagte er, erhob sich vom Stuhl und nahm mich wieder in seine Arme.

Diesmal spürte ich, neben dem nassen Schweiß von seinem Oberhemd, nun auch noch die Nässe seiner vielen Tränen und die Rotze, die ihm aus der Nase lief, an meinem Körper. Ich sagte: »Das ist sehr schön, Herr Möser, ich freue mich, dass wir Ihren Traum verwirklichen konnten.«

Glücklich und zufrieden trat Möser, mit seinem Trauminstrument in der Hand, seinen Heimweg an.

Es war ruhig geworden um Herrn Paul Möser, er stand nun freitags nicht mehr um siebzehn Uhr am Schaufenster. Wir vermissten ihn regelrecht. Die Weihnachtszeit begann und wir hatten, wie in jedem Jahr zu dieser

Zeit, Hochbetrieb im Geschäft.

Es war der 24. Dezember, genau Heiligabend. An diesem Tag hatte das Musikhaus bis vierzehn Uhr geöffnet und keine Minute länger, denn wir wollten ja auch mal Weihnachten feiern.

Kurz vor vierzehn Uhr, die Hälfte der Belegschaft war schon am Feiern, sah ich, wie Paul Möser wieder mit seinem langen, schwarzen Ledermantel und dem weißen Oberhemd ins Geschäft kommt. Erstaunt schaute ich ihn an und sagte: »Herr Möser, ich habe Sie ja lange nicht gesehen, geht es Ihnen gut?«

»Ja, sehr gut, alles wunderbar. Ich möchte jetzt noch schnell ein Klavier bei Ihnen kaufen, könnten Sie jetzt gleich liefern? Es sind ja nur zehn Autominuten von hier bis zu mir. Es soll ein Weihnachtsgeschenk für meine Frau sein.«

»Herr Möser, es ist Heiligabend kurz vor vierzehn Uhr, wie sollen wir das schaffen? Es sind keine Mitarbeiter mehr hier und ich habe zu Hause noch nicht mal den Weihnachtsbaum geschmückt.«

Meine Gedanken wanderten in diesem Augenblick in mein Büro, im ersten Stock, wo in einer Ecke der nackte Weihnachtsbaum stand, den ich heute früh schnell besorgt hatte. Mir gingen Bilder von Fuchsschwänzen und Stichsägen durch den Kopf, denn der Stamm des Weihnachtsbaums musste noch verkürzt werden. Mir wurde unwohl im Bauch, denn ich sah Lametta und Weihnachtskugeln vor meinen Augen, bergeweise Weihnachtsschmuck, der noch aufgehängt werden musste und eine traurige Ehefrau, die zu Hause mit Gänsebraten, aber ohne Mann und Baum feierte.

»Nein lieber Herr Möser, heute klappt das nicht mehr mit dem Transport«, sagte ich zu ihm.

Nach dieser Absage von mir verwandelte sich Mösers Gesicht, wie damals beim Akkordeon-Kauf, in dieses traurige Clowns-Gesicht. Er flehte mich an und bettelte: »Bitte, lieber Herr, liefern Sie mir das Klavier heute noch. Ich helfe auch mit beim Tragen, es ist doch nur ein Stockwerk, das schaffen wir doch beide, ja? Machen Sie das, bitte.« Er lächelte mich dabei an und hoffte jetzt auf meine Zustimmung.

Ich stimmte zu, er zückte aus seinem langen Ledermantel seine Brieftasche und bezahlte das Piano in bar.

Es war inzwischen schon fünfzehn Uhr, die

Angestellten waren schon alle auf dem Heimweg, um Weihnachten zu feiern, und ich stand hier allein mit Möser, der mich anlächelte und wartete, dass ich nun endlich das Klavier mit ihm zusammen in seinen Kombiwagen einlud. Mir wurde etwas ängstlich zumute, als ich im Auto daran dachte, dass ich gleich mit ihm dieses Monster von drei Zentnern eine Etage hochtragen musste. Er war zwar groß, dieser Paul Möser, wirkte auf mich aber von seiner ganzen körperlichen Konstitution her eher zerbrechlich.

Wir waren an seinem Haus angelangt. Ich schaute nervös auf die Uhr, es war nun schon 15:30 Uhr am Heiligabend und ich dachte: Jetzt noch eine Treppe das Klavier von Herrn Möser hochtragen, danach mit dem Taxi zurück ins Büro fahren, den Tannenbaum holen, samt Säge für den Stamm. Die Weihnachtsdekoration. Nur nicht das Geschenk für die Ehefrau nicht einpacken. Wieder ein Taxi bestellen, um nach Hause zu fahren. Dann auch endlich selbst mal Weihnachten feiern.

Wir zogen das Klavier vorsichtig aus seinem Kombi. Ich beobachtete Möser am anderen Ende des Klaviers, wie er mit hochrotem Kopf immer wieder leise stöhnte, dabei aber lächelte.

Wir hatten es geschafft. Das Klavier war im ersten Stock und stand jetzt genau vor seiner Wohnungstür. Er freute sich sehr, dass alles reibungslos und ohne Kratzer abgelaufen war. »Pst«, sagte er. »Ich klingle jetzt, Achtung.« Mit strahlendem Lächeln klingelte er zweimal kurz und ich hörte auch schon, wie seine Frau von innen die Tür öffnete.

»Was ist das denn?«, schrie sie laut ins Treppenhaus.

Er antworte zaghaft: »Das ist für dich, Liebste, dein Weihnachtsgeschenk, ein Klavier.«

Jetzt wurde sie noch lauter und schrie durch das ganze Treppenhaus: »Nein, das Ding kommt mir nicht in die Wohnung!« Sie schaute mich an und sagte: »Nehmen Sie das Klavier wieder mit.« Sie zog ihren Mann am langen Ledermantel in die Wohnung und knallte die Tür zu.

Ich war traumatisiert, alles hatte ich schon erlebt, aber das hier war „Frohe Weihnacht pur".

Aus der Wohnung von den Mösers hörte man heftiges Streiten. Ich blieb noch einige Minuten im Treppenhaus stehen und schaute auf das bezahlte Klavier, das nun ganz verlassen vor der Wohnungstür der Mösers stand.

Ich bestellte mir per Handy ein Taxi und fuhr ins Büro zurück. Unterwegs telefonierte ich mit meiner Frau und erzählte ihr in groben Zügen, was geschehen war und dass ich bald zu Hause eintreffen würde.

Gleich nach den Feiertagen, am ersten Arbeitstag um zehn Uhr stand Paul Möser im Geschäft und wartete auf mich. Er war den Tränen nahe und sagte: »Entschuldigen Sie bitte, ich schäme mich so dafür, was am Heiligabend passiert ist.«
»Wo ist das Klavier jetzt?«
Möser setzte sich wieder auf seinen Lieblingsstuhl, weinte bitterlich und sagte: »Es steht immer noch vor meiner Wohnungstür.«
Er tat mir leid, wie er mit verquollenen Augen und triefender Nase auf dem Stuhl hockte. Ich bestellte einen Klaviertransporter, der das Klavier im Treppenflur abholte, und zahlte Möser die Gesamtsumme für das Klavier zurück.
Später erzählte Möser mir: »Meine Frau hat sich wegen des Klavierkaufs von mir getrennt und die Scheidung eingereicht.«

22 Mehr Schein als Sein

Jeder kennt sie und jeder mag ihren besonderen, lieblichen und vollen Sound. Die Rede ist von der berühmten Hammondorgel. Die Königin der Orgeln!

Auch das kuriose Musikhaus hatte eine riesige Auswahl dieser hochwertigen Luxus-Orgeln für den Heimgebrauch in der Orgelabteilung zum Vorführen bereit.

An einem heißen Sommertag, es war Urlaubszeit und wenig Personal im Geschäft anwesend, betrat ein sehr elegant gekleideter Herr um die dreißig Jahre das Geschäft und ging zielstrebig in die Orgelabteilung. Da einige Mitarbeiter aus dieser Abteilung im Urlaub waren, übernahm ich zwangsläufig diesen Kunden.

»Guten Tag, was kann ich für Sie tun?«, fragte ich ihn höflich.

Mit einem abschätzenden Blick betrachtete er mich von oben bis unten und sagte dann mit einem arroganten Funkeln in seinen Augen: »Ich möchte die beste Orgel kaufen, die hier steht.«

»Die kann ich Ihnen gern zeigen und vorführen.«

Wir gingen dann zu den besten und teuersten Orgeln, die so teuer waren wie eine Luxuslimousine.

»Das hier ist unser Spitzenmodell«, erklärte ich ihm.

Ich setzte mich an die Orgel und wollte gerade mit der Vorführung beginnen, als er mir laut entgegnete: »Lassen Sie mich ran, ich kann selbst spielen.« Nun wurde sein Funkeln in den Augen noch arroganter als vorher.

»Gern, nehmen Sie Platz und spielen selbst.«

Er setzte sich an die Orgel und spielte, wie ein ahnungsloser Orgelschüler im ersten Semester, wild drauf los. Ohne jegliche Kenntnisse verstellte er die Orgel-Registrierungen an den Reglern. Es klang grausam und ich hatte so langsam Angst um das teuerste Instrument im Haus.

Nach etwas fünf Minuten war meine Geduld am Ende und ich fragte ihn, ob diese Orgel seinen klanglichen Vorstellungen entsprechen würde.

»Ja, gefällt mir, ich kaufe das gute Stück, aber das Geschäft mach ich doch nicht mit Ihnen. Holen Sie Ihren Chef.«

»Der steht neben Ihnen«, antwortete ich etwas energisch.

»Sie sind hier der Chef?«, erwiderte er mit erschrockener Stimme.

»Ja, das bin ich, Sie müssen jetzt mit mir vorliebnehmen, wenn Sie verhandeln und dieses schöne Instrument kaufen möchten. Ich mache Ihnen ein faires Angebot und gebe Ihnen drei Prozent Skonto und eine kostenlose Anlieferung, wenn Sie bar bezahlen.«

»Gut, so machen wir das. Ich zahle Ihnen dreihundert Euro an und den Restbetrag in bar bekommen Sie dann bei Anlieferung der Orgel«, erwiderte er mit leiser Stimme.

»Abgemacht. Kommen Sie bitte mit zur Kasse.«

»Die dreihundert Euro Anzahlung gebe ich Ihnen jetzt sofort per Euroscheck.« Er zückte sein Scheckbuch und füllte ganz lässig einen Scheck über dreihundert Euro aus.

Wir machten einen Liefertermin für den übernächsten Tag aus. Sichtlich zufrieden mit dem Kauf der besten Orgel verließ er das Musikhaus.

Die ganze Belegschaft feierte mich, denn so einen großen Umsatz hatte die Firma schon lange nicht mehr gemacht.

Mir war die Sache mit der Scheckzahlung nicht ganz so geheuer, da der Kunde bei mir einen sehr überheblichen Eindruck hinterließ.

Am nächsten Tag reichten wir den Scheck für die Anzahlung der Orgel bei unserer Bank ein und das Geld wurde uns sofort gutgeschrieben. Sollte ich mit meiner jahrzehntelangen Menschenkenntnis so falsch liegen, ging es mir ständig durch den Kopf.

Ich organisierte mit unserem Schwertransporter-Unternehmen die Lieferung der Orgel für den nächsten Tag. Diese Transportfirma arbeitete schon zwanzig Jahre für uns und war auch befugt, große Zahlungen entgegenzunehmen.

Am nächsten Vormittag wurde das Luxus-Instrument sicher verladen und dem Kunden geliefert.

Nach einer halben Stunde klingelte in meinem Büro das Telefon. Eine hektische, nervöse Stimme klang aus dem Hörer: »Hier ist die Transportfirma, Herr Thalis am Apparat, wir sind jetzt hier bei Ihrem Kunden und er kann nicht bar zahlen. Was sollen wir jetzt tun?«

Am liebsten hätte ich den Hörer an die Wand geklatscht, aber ich blieb außergewöhnlich ruhig. »Geben Sie mir mal den Kunden ans Telefon«, antwortete ich.

Nach langem Hin und Her ging der Kunde ans Telefon: »Hallo, ich zahle Ihnen die Orgel und schreibe jetzt gleich einen Scheck über die

Gesamtsumme aus, Ihr Lieferfahrer kann den Scheck dann gleich bei Ihnen vorbeibringen.«

Tausende von Horror-Visionen gingen mir jetzt in Sekundenbruchteilen durch den Kopf. Was, wenn, wenn nicht? Was dann? Wie ein Stern, der vom Himmel fällt, hatte ich eine eventuelle Lösung im Kopf. Ich musste Zeit gewinnen. »Sagen Sie dem Lieferfahrer, er möge bitte bei Ihnen warten, ich habe gerade einen Wasserrohrbruch im Laden und rufe innerhalb der nächsten fünfzehn Minuten zurück.« Natürlich war das eine Notlüge, um Zeit zu gewinnen und die Lösung des Problems anzugehen.

»Ja, ich sage ihm Bescheid, wir warten dann auf Ihren Rückruf.«

Ich suchte als Erstes den Kaufvertrag raus und rief die Kredit-Auskunft an. Die Kreditauskunft ergab ein erschreckendes Ergebnis über die Zahlungsunfähigkeit des Orgel-Käufers. Mahnbescheide, Vollstreckungsbescheide und Offenbarungseid. Der Kunde war absolut zahlungsunfähig. Die Orgel musste auf jeden Fall wieder zurück ins Musikhaus!

Voller Wut im Bauch rief ich den Kunden zurück: »Geben Sie mir bitte den Chef der Transportfirma ans Telefon.«

»Ich habe inzwischen schon den Scheck

ausgeschrieben«, antwortete der Kunde und gab den Hörer weiter an den Chef der Transportfirma.

»Hallo Herr Thalis, bitte die Orgel sofort wieder einladen und zurück ins Musikhaus bringen, eine Erklärung gebe ich Ihnen später.«

»Ja gut«, antwortete er verwundert.

Nun war der Kunde wieder am Telefon. »Schön, dass alles so geklappt hat mit dem Transport, vielen Dank noch mal.«

Das Finale war erreicht und ich antwortete: »Die Orgel wird jetzt eingeladen und kommt zurück. Sie lassen sich nie wieder bei uns im Musikhaus blicken. Ihre dreihundert Euro Anzahlung habe ich mit dem Transport verrechnet.«

Die Antwort kam prompt und energisch. »Das kann doch wohl nicht Ihr Ernst sein.«

»Das ist mein purer Ernst, ich habe Sie durchschaut! Goodbye.«

23 Einbruch in der Nacht

Jeden Abend nach Geschäftsschluss ging ich durch sämtliche Räume und schaute, ob alles ordnungsgemäß abgeschlossen war. Wie an jedem Abend schaltete ich dann die Alarmanlage ein, die mit einer Leitstelle verbunden war und mich bei einem Einbruch telefonisch benachrichtigte. Ich freute mich nach einem langen Arbeitstag im Musikhaus „Kurios" auf meinen Feierabend und fuhr nach Hause.

Mitten in der Nacht, es war 2:30 Uhr, klingelte mein Telefon im Schlafzimmer. Mein erster Gedanke war das Geschäft. Wer sollte mich um diese Uhrzeit privat erreichen wollen, dachte ich.

»Guten Morgen, hier ist die Leitstelle. In Ihrem Musikhaus ist Alarm ausgelöst worden. Die Polizei wurde schon benachrichtigt«, sagte der Mann von der Leitstelle zu mir.

Eilig zog ich mich an und dachte dabei an den letzten Geschäftseinbruch vor genau zwei Wochen. Eine organisierte Bande hatte mit einem Stein die Schaufensterscheibe eingeschlagen. An dem dahinterliegenden Alu-Rollgitter befestigten sie einen schweren Haken, an dem ein Drahtseil angebracht war.

Dieses Drahtseil war wiederum mit der Anhängerkupplung an ihrem Auto befestigt. Dann fuhren sie mit dem Auto kurz an und das sieben Meter lange Rollgitter wurde aus dem Fensterrahmen gerissen. Nun hatten sie freie Bahn, um in Sekundenschnelle die teuersten Instrumente aus der Auslage einzusammeln. Als ich ankam, sah ich nur noch das völlig verbogene, lange Rollgitter auf dem Bürgersteig liegen.

Im Taxi grübelte ich, ob es heute Nacht wieder so sein würde, wenn ich eintreffe.

Von weitem sah ich schon das Blaulicht eines Polizeiwagens vor meinem Musikhaus.

Zusammen mit zwei Polizeibeamten schaute ich mir zuerst die Außenfassade und die Hintereingänge auf dem Hof an. Nichts deutete auf einen Einbruch hin. Kein Glasbruch und keine Einbruchsspuren an den Türschlössern. Kurios, das hatte ich auch noch nicht, dachte ich. Nicht weit von der Eingangstür war die Alarmanlage installiert. Da musste ich hin, um zu sehen, in welchem der vielen Räume der Alarm ausgelöst wurde.

Ich schloss die Eingangstür vom Musikhaus auf. Die beiden Polizisten folgten mir zur Alarmanlage.

»Hier schauen Sie, dieses rote LED-

Lämpchen blinkt, der Alarm wurde im Lagerkeller ausgelöst«, sagte ich den beiden Polizisten.

Beide zögerten nicht lange und griffen zur Waffe, um sie zu entsichern.

»Wo ist der Lagerkeller?«, fragte einer der beiden.

Ich ging mit ihnen durch den stockdunklen Laden bis zur Kellertreppe und blieb stehen. »Hier ist der Kellerschlüssel, gehen Sie vor«, sagte ich zu den beiden.

»Nein, Sie gehen vor, das ist Ihr Musikhaus«, fauchte mich einer der Polizisten an.

Ich war verärgert, warum sollte ich vorgehen, die beiden waren doch bewaffnet und ich nicht. Ich schloss die Kellertür auf und schaltete das Licht an. Es raschelte weit hinten im Lager.

»Gehen Sie, wir geben Ihnen von hinten Deckung«, flüsterte mir einer der beiden ins Ohr.

Angst kannte ich nicht mehr, bei den vielen Erlebnissen hier in diesem kuriosen Musikhaus. Ich ging durch das lange Lager und folgte dem leisen Rascheln zwischen den Kartons. Plötzlich blieb ich stehen und hörte ein leises Atmen. Die Polizisten standen mit gezogenen Waffen hinter mir.

»Da ist er«, sagte ich. »Nehmen Sie ihn fest!«

Erstaunt schauten mich die Polizisten an. »Gute Arbeit«, sagte einer der beiden zu mir.

Ich schaute ihn nur böse an und verabscheute das Verhalten der beiden.

Wie sich später bei der Vernehmung des Festgenommenen herausstellte, handelte es sich um einen Straßenjungen, der lediglich einen warmen Schlafplatz in unserem Lager gesucht hatte. Er hatte sich durch eine Ladeluke, die nicht verschlossen war, Zutritt verschafft. Wieder war eine schlaflose Nacht vergangen, aber lieber schlaflos als obdachlos, dachte ich auf der Heimfahrt im Taxi.

24 Die Weihnachtsfeier

Alle Jahre wieder, immer auf eine ganz andere Art, trafen sich die Mitarbeiter vom Musikhaus „Kurios" zur verdienten Weihnachtsfeier. In diesem Jahr sollte es mal etwas rustikaler zugehen und ich bestellte für fünfzig Personen eine lange Tafel in einem mittelalterlichen Restaurant.

Mit historischer Drehleier-Musik und Metwein aus dem Kuhhorn startete die große Weihnachtsfeier. Gegessen wurde nur mit einem Dolch. Es wurde üppig getafelt, mit sechs Gängen, drei geschlagene Stunden lang. Wie im Mittelalter.

Alle Mitarbeiter waren begeistert von der diesjährigen Weihnachtsfeier. Es wurde getrunken und ausgelassen gesungen.

Dieses Jahr wollten wir unseren ersten Julklapp ausrichten. Jeder hatte im Vorfeld einen Kollegen per Los gezogen und sich für diese Person ein Geschenk ausgedacht. Nur der Name des Empfängers war ersichtlich. Niemand wusste, welchem Kollegen oder welcher Kollegin er sein Geschenk zu verdanken hatte.

Da standen sie nun. Zwei große Säcke, voll

mit Geschenken. Gespannt warteten alle auf die Verteilung. Unsere jüngste Mitarbeiterin, Fräulein Brenner, holte das erste Geschenk aus den Säcken. Ein kleines Geschenk, wunderschön in glänzendem, rotem Weihnachtspapier kam zum Vorschein.

»Das ist für Herrn Krummnagel«, sagte sie und überreichte ihm das Geschenk.

Der besondere Reiz bei Julklapp lag im Zuschauen, wie das persönliche Geschenk vor allen Anwesenden ausgepackt wird.

»Los, auspacken, Herr Krummnagel!«, schrie ein Kollege am Tisch.

Krummnagel war ein sehr biederer Familienvater, der unsere Steuererklärungen erledigte. Er packte sein Geschenk aus und freute sich sehr über die neue, zu ihm passende graue Krawatte.

Die Zeit rannte, es gab noch über vierzig Geschenke zu verteilen. Der Name unseres Fräulein Weißgerbers, die als Vertreterschlampe verrufen war, wurde aufgerufen. Alles schaute spannend auf ihre flinken Finger, die das Päckchen öffneten. Plötzlich brach ein lautes Gelächter aus. Fräulein Weißgerber errötete stark, als sie ihr Geschenk hoch über den Tisch heben musste, damit es jeder sehen konnte. Der Schenkende musste Fräulein

Weißgerber gut kennen, denn er hatte ihr rote Strapse zum Geschenk gemacht. Fräulein Weißgerber war das Geschenk sichtlich peinlich und sie schien leicht verärgert zu sein.

Alle warteten auf das noch fehlende Geschenk für Frau Schneider, der Kassiererin des Musikhauses. Sie war verheiratet, jedoch war ihr Sexualtrieb derart ausgeprägt, dass sie auch mit Kollegen ins Bett ging.

»Für Frau Schneider«, sagte unsere Geschenkeverteilerin Fräulein Brenner und hielt das Geschenk hoch.

Ein großes rechteckiges Paket, schlicht verpackt. Neugierig schauten nun alle am Tisch zu, wie Frau Schneider am Auspacken war. Was war da drin? Personenbezogen sollten die Geschenke sein. Für einen Lippenstift zu groß, für ein Schminkset zu klein.

Als sie die äußere Verpackung geöffnet hatte, stieg die Spannung im Raum. Sie öffnete den Deckel des Kartons und ein pinkfarbener Massagestab in Phallusform kam zum Vorschein. Wer jetzt von Frau Schneider erwartet hatte, dass sie errötete oder es ihr peinlich war, kannte sie nicht. Ganz im Gegenteil, sie nahm den Dildo aus dem Karton, schaltete ihn an und hielt ihn ganz hoch. Als ihre Kollegen das zappelnde Ding in ihren Händen sahen, konnte sich kaum noch einer vor Lachen halten.

Mit dem Massagestab als Julklapp- Geschenk, erreichte die Weihnachtsfeier ihren Höhepunkt. Noch stundenlang, bis in den frühen Morgen, ließ Frau Schneider den pinkfarbenen Dildo auf dem Tisch tanzen.

Auch der dicke Diddi, der nur ein billiges Deodorant als Geschenk erhielt, erfreute sich des Abends.

Fräulein Weißgerber hatte ihren Schock wegen der erhaltenen Strapse bereits überwunden und tanzte vergnügt bis in den frühen Morgen hinein.

25 Eine liebevolle Erpressung

Wenn man kein Eigenheim besitzt, sollte sich jeder Musizierende an die gesetzlich vorgegebenen Übungszeiten halten. Die Musikindustrie entwickelt E-Pianos mit Kopfhöreranschluss, die rein elektronisch funktionieren und somit lautlos in der Nacht gespielt werden können. Stellen Sie sich nur mal vor, Ihr Nachbar spielt nachts um zwei Uhr eine Fuge von Johann Sebastian Bach auf einem akustischen Klavier!!!

Die ständig steigende Nachfrage nach elektronischen Pianos hielt weiterhin an. Das kuriose Musikhaus hatte im ganzen Umkreis von Berlin die derzeit größte Auswahl an diesen E-Pianos.

An einem ruhigen Vormittag im Hochsommer, ich dekorierte gerade eines der vielen großen Schaufenster, stand plötzlich eine gepflegte, ältere Dame um die siebzig Jahre an meiner Fensterscheibe. Ich merkte, wie sie mich beim Dekorieren mit geheimnisvollen Blicken beobachtete.

Mitten in dieser stickigen Stadt, im Hochsommer, das Schaufenster zu dekorieren, war eine Qual. Ich ging in mein Büro und wollte mich gerade etwas frisch machen, da ertönte auch schon die Gegensprechanlage.

»Chef, können Sie mal übernehmen, es geht um ein E-Piano.«

»Ja, ich komme sofort«, antwortete ich.

Im Verkaufsraum eingetroffen, sah ich sie, die elegante, ältere Dame vom Schaufenster.

»Ich möchte mir ein E-Piano kaufen, können Sie mich beraten?«, fragte sie.

»Sehr gern«, antwortete ich und führte ihr dann einige Modelle vor.

»Das wäre genau das Richtige für mich«, sagte sie und streichelte mit ihren gepflegten, zarten Fingern über die Tastatur eines der teuersten Pianos im Raum. »Aber diese Technik, ob ich damit überhaupt klarkomme? Ich weiß nicht ...«

Ich beruhigte sie mit den Worten: »Kein Problem, Sie bekommen kostenlos einen Techniker zu Ihnen nach Hause geschickt, der Ihnen dann alles vor Ort genau erklärt.«

Normalerweise freuen sich unsere Kunden über so ein Serviceangebot, sie aber machte eher einen traurigen Eindruck.

»Ich möchte, dass Sie zu mir nach Hause kommen und mir die Technik erklären«, sagte sie.

Ich hatte einen gewaltigen Terminplan zu

bewältigen und kaum Zeit für eine Außer-Haus-Beratung. »Das geht leider nicht, ich habe keine Zeit, mein Terminkalender ist voll. Ich schicke Ihnen einen sehr guten Techniker.«

»Nein, ich kaufe das Piano nur, wenn Sie kommen.« Dabei schaute sie mich fordernd an und streichelte gleichzeitig mit ihren knallroten, frisch lackierten Fingernägeln wieder über die Piano-Tastatur.

»Sie haben mich überredet«, antwortete ich schließlich. Zwar wusste ich noch nicht, wie ich es terminlich einrichten sollte, aber das war mir erst mal egal. Ich wunderte mich im Augenblick nur über die viel zu große Klavierbank für zwei Personen, die sie noch dazu gekauft hatte.

Sie zahlte den vollen Betrag sofort in bar und wir vereinbarten einen Liefertermin für den Nachmittag.

Das Piano war gerade ausgeliefert, da klingelte mein Telefon: »Hallo, hier ist Frau Neumann, ich habe heute bei Ihnen das weiße E-Piano gekauft. Verbinden Sie mich bitte mit dem Herrn, der mich bedient hat.«

»Der ist am Telefon.«

»Das ist ja schön, es hat alles geklappt mit dem Transport. Wissen Sie schon, wann Sie zu mir kommen?«

Mir war angst und bange, hatte ich doch überhaupt keine Zeit. Aber sie hatte doch ihren Kauf davon abhängig gemacht, also war ich in der Pflicht. »Ja, Frau Neumann, ich könnte heute Abend zu Ihnen kommen. Ich kann aber erst um zwanzig Uhr, wenn das Musikhaus geschlossen ist.«

»Das passt mir, ich freue mich, dass Sie Ihr Wort halten«, antwortete sie.

Nach Feierabend machte ich mich dann auf den Weg zu ihr in die Villengegend im Süden von Berlin. Punkt zwanzig Uhr stand ich vor ihrer Villa. Sie öffnete das Tor und ich ging hinein. Da stand sie, die E-Piano-Käuferin. Sie hatte ihre blonden, langen Haare frisch gestylt und ein goldbeigefarbenes Make-up aufgelegt. Dazu trug sie ein rotes, kurzes Designer-Kleidchen mit Knopfleiste auf der Vorderseite und schwarze Pumps mit Schleifchen. Ein unschlagbar verführerisches Parfum kam mir entgegen.

»Schön, dass Sie da sind, kommen Sie rein«, sagte sie.

Wir gingen durch ihr Wohnzimmer, wo viele erstklassige Antiquitäten ihren Platz hatten. Von weitem sah ich schon ihr neues, weißes E-Piano mit der viel zu großen Sitzbank.

»Sie haben doch bestimmt noch nichts gegessen«, sagte sie und ging mit mir in den Nebenraum. Ich konnte es kaum glauben, was ich dort sah. Einen exzellent gedeckten Diner-Tisch für zwei Personen, dekoriert mit einem großen, silbernen Kerzenständer, dazu dezente klassische Musik aus dem Hintergrund.

»Nehmen Sie bitte Platz«, sagte sie und lächelte mich an.

Es gab Graved Lachs mit Meerrettich-Mousse und einen guten Weißwein, „Chablis Grand Cru".

Ich war kaputt und müde von dem langen Arbeitstag und brachte kein Wort raus. Sie erzählte mir von ihrem letzten Urlaub auf den Bahamas, dass sich dort alles sehr zum Nachteil verändert hätte und die Insel ihre Natürlichkeit im Laufe der Jahre verloren hatte. An ihrer schönen Bräune konnte ich erkennen, dass sie ihren Urlaub erst vor kurzem beendet hatte. Ihr kurzes, rotes Designer-Kleid verlieh der Bräune an ihren Armen und Beinen noch mehr Tiefe.

Ich merkte, wie sie mir immer wieder das Weißwein-Glas füllte. Nun war es an der Zeit das Diner zu beenden, schließlich sollte ich ihr ja noch das E-Piano erklären.

»Liebe Frau Neumann, jetzt möchte ich Ihnen, nach diesem wunderbaren Abendessen, Ihr E-Piano erklären«, sagte ich.

»Sagen Sie einfach Marina zu mir. Frau Neumann, das klingt immer so fremd.«

Wir gingen ins Wohnzimmer und sie setzte sich auf die viel zu große Sitzbank vor dem Piano. »Wissen Sie, warum ich die große Bank gestern gekauft habe? Nein? Damit wir beide jetzt hier zusammen drauf sitzen können. Was sagen Sie nun?«

Ich musste mir das Lachen verdrücken und merkte nun, dass die drei Gläschen Weißwein schon etwas Wirkung bei mir zeigten. Ich setzte mich zu ihr auf die Pianobank und erklärte ihr die wenigen Regler am Piano. Dabei sah ich, wie ihr kurzes, rotes Designer-Kleidchen immer höher rückte. Auch hatte sie inzwischen, ohne dass ich etwas bemerkt hatte, die drei oberen Knöpfe von der Knopfleiste ihres Kleides geöffnet. Ich konnte jetzt ihre pralle, braungebrannte Brust sehen. Mir wurde heiß bei diesem Anblick, aber ich wollte nicht, dass sie es merkt.

»Zeigen Sie mir jetzt mal, wo hier der C-Dur Akkord auf der Tastatur liegt«, sagte sie und führte meine rechte Hand mit ihren zarten Fingern auf die Tasten.

Das war das erste Mal, dass ich ihre zarten Hände so richtig spüren konnte. Sie rückte jetzt noch näher auf der Pianobank an mich ran. Nun hatte sie auch die unteren Knöpfe der Knopfleiste am Kleid geöffnet. Ich konnte ihre zarten, braungebrannten Oberschenkel sehen, als hätte sie einen Bikini an.

Gerade hatte ich ihr mit meiner rechten Hand einen C-Dur Akkord auf den Tasten gezeigt, da nahm sie meine Hand von der Tastatur und schob sie zwischen ihre Schenkel. Ich spürte in diesem Augenblick die Wärme und Feuchte ihres frisch und glatt rasierten Dreiecks. Meine Gedanken waren in diesem Augenblick bei meiner Ehefrau, wie sie jetzt allein zu Hause auf mich wartete, das Abendessen längst kalt war und sie gelangweilt vor dem Fernseher saß.

Auf der Pianobank hatte Marina jetzt ihre Beine weit gespreizt und meine rechte Hand spürte ihr starkes Verlangen an ihrem inzwischen nassen und pulsierenden Dreieck.

»Ich muss jetzt gehen«, sagte ich in diesem Moment. Natürlich wusste ich genau, dass sie jetzt sehr verwundert und enttäuscht reagieren würde.

»Jetzt, ausgerechnet jetzt, sagst du so etwa. Das ist nicht schön, eher brutal von dir«, antwortete sie.

»Ich bin seit sieben Jahren glücklich verheiratet und das möchte ich auch bleiben.«

»Damit habe ich nicht gerechnet, ich bin sehr enttäuscht.«

Ich stand auf, ging ins Bad, um mich für den Heimweg noch etwas frisch zu machen und verabschiedete mich höflich von Marina. Ich war zufrieden, dass ich mich aus dieser heiklen Situation befreien konnte.

Am nächsten Vormittag parkte ein großer LKW vor dem Musikhaus. Ich konnte meinen Augen nicht trauen, denn aus dem LKW wurde das weiße E-Piano von Marina ausgeladen und ins Musikhaus getragen. Was wird das jetzt, fragte ich mich. Da sah ich sie auch schon aussteigen und mit schnellen Schritten ins Geschäft eilen.

»So, hier haben Sie Ihr E-Piano zurück, das ich gestern bei Ihnen gekauft habe. Ich möchte von meinem Rückgaberecht Gebrauch machen, bitte zahlen Sie mir mein Geld zurück«, sagte sie.

Ich war erstaunt über meine lässige Antwort und sagte ironisch: »Aber gern doch, Frau Neumann, Sie sollen zufrieden sein.« Ich zahlte ihr das Geld an der Kasse aus und sah in ihrem Gesicht eine Unzufriedenheit, die mit jedem ausbezahlten Geldschein größer wurde. Danach verließ Marina wutentbrannt, auf nimmer Wiedersehen, das Haus.

26 Finale

Alles findet mal ein Ende. Unser geliebtes kurioses Musikhaus. Nach einem jahrzehntelangen Leben auf der Überholspur begann der rasante Abstieg.

An einem herrlichen Tag mitten im Sommer, vormittags um elf Uhr, betraten drei Herren das Geschäft. Ein grau melierter Mann, um die sechzig Jahre, in Begleitung von zwei durchtrainierten Männern, sagte: »Guten Tag, wir wollen zum Chef des Hauses.«

»Der steht vor Ihnen«, entgegnete ich.

»Das ist ein schönes Musikhaus.« Sein überhebliches Lächeln war nicht zu übersehen. »Haben Sie fünf Minuten Zeit für uns?«

»Gern, kommen Sie.«

Wir gingen in mein Büro in der ersten Etage und setzten uns an den runden Konferenztisch im Raum. Einer der drei öffnete eine Aktentasche und holte einen Stoß Unterlagen heraus. Die anderen beiden schauten unentwegt zu mir. Warteten sie auf eine Reaktion?

»Schauen Sie, das ist für Sie«, sprach der grau melierte und schob mir gleichzeitig einen Packen Verträge zu.

Ich hatte in dem Moment nicht die geringste Ahnung, um was es geht.

»Gestern Abend habe ich das komplette Haus gekauft. Anbei ist Ihr veränderter Mietvertrag für das Musikhaus. Lesen Sie ihn in Ruhe durch, ich besuche Sie morgen um die gleiche Zeit.«

Wir verabschiedeten uns und ich ging zurück in mein Büro, um den geänderten Mietvertrag durchzusehen.

Eine Mieterhöhung hatte ich ohnehin einkalkuliert, schoss es mir durch den Kopf. Ich blätterte in den Dokumenten, bis ich den geänderten Mietvertrag entdeckte. Schockiert sah ich auf die eingetragene Summe für die Kaltmiete ab dem nächsten Monat. Genau dreihundertfünfzig Prozent mehr! In den kühnsten Träumen hatte ich schlimmstenfalls mit zwanzig bis dreißig Prozent Erhöhung gerechnet, wohingegen dreihundertfünfzig das Ende der Firma bedeuteten.

Ich schaltete die Kaffeemaschine an, trank drei Tassen Espresso und las gleichzeitig den geänderten Mietvertrag unzählige Male hintereinander. Ist die Herausforderung zu managen? Was sagen die Angestellten?

Ich rief sofort meinen Steuerberater an. Wir vereinbarten noch für denselben Abend einen

Termin. Mir war klar, dass ich mit einer solch enormen Mieterhöhung trotz erfreulicher Umsätze nicht im Entferntesten zurechtkommen würde.

Am Abend redete der Steuerberater mir optimistisch zu: »Mach weiter, du schaffst das.«

Ich hatte ein ungutes Gefühl.

Am nächsten Morgen, pünktlich um elf Uhr, kamen der Hausbesitzer und seine zwei Bodyguards zu mir ins Büro. »Na? Alles durchgesehen?«, fragte mich der grau melierte Mann.

»Das ist nicht zu packen, die Forderung ist viel zu gigantisch.«

»Sie packen das mit Sicherheit«, konterte er mit einem fiesen Grinsen im Gesicht. »Erfüllen Sie die vorgeschriebene Mietdauer nicht, dürfen Sie vorher raus, der Mietvertrag läuft über fünf Jahre. Wir finden eine Lösung.«

An einen Total-Ausverkauf der Ware, ebenso an die fristlose Kündigung der über vierzig Angestellten wollte ich im Augenblick nicht denken. Es hätte mich und alle Mitarbeiter unseres Hauses viele Tränen gekostet. Also klemmte ich mich dahinter, die Firma aufrechtzuerhalten.

Unzählige schlaflose Nächte in den letzten Wochen wurden zur Normalität. In der Nacht hatte ich nasse Wadenwickel um die Beine, die vor zu hohem Fieber schützten. Ich sah mein Lebenswerk zerbrechen. Zeitweise, bedingt durch Albträume, stand ich im Bett. Der Reichtum an positiven wie negativen Ereignissen in unserem Musikhaus verlangte von mir, mich innerlich derart unter Druck zu setzen.

Drei Mitarbeiter erfuhren von der neuen Wuchermiete. Daraufhin wollten sie den Hausbesitzer, der das Musikhaus einmal bei einem Blitzbesuch aufsuchte, vor Wut mit einer schweren Eisenstange erschlagen. In der allerletzten Minute gelang es den zwei Bodyguards, die Tat zu verhindern.

Die Wut, vor allem der langjährigen Mitarbeiter, erreichte einen Höhepunkt. Erst vor kurzer Zeit verlegte eine Reihe von ihnen ihren Wohnsitz, samt Familien, nach Berlin. Der Frust wurde zur Tagesordnung. Meine jetzigen Aufgaben bestanden nahezu nur noch darin, die Firma zu retten. Ständige Termine beim Senator für Wirtschaft, bei der Handelskammer, mit dem Bezirksbürgermeister und so weiter. Niemand wollte mir helfen. Überall die gleiche Antwort: »Das ist bedauernswert,

Gewerbemieten unterliegen in Berlin keinerlei Preisbindung.« Die Motivation verebbte bei den Mitarbeitern und mir war mit dieser Aussage keineswegs geholfen.

Die Zweifel, diese unverschämte Mieterhöhung zu bewältigen, waren zu extrem.

Nach zwei erbitterten Geschäftsjahren wollte kein Angestellter mehr den entstandenen gewaltigen Umsatzdruck ertragen. Ich rief den Hausbesitzer an: »Wir müssen vorzeitig kündigen, es ist nicht zu schaffen, ich bin am Ende«, sagte ich zu ihm am Telefon.

»Okay, ich komme morgen zu Ihnen ins Musikhaus und wir unterhalten uns.«

Am nächsten Tag betrat er mit den zwei Bodyguards das Geschäft. Ich war an einem psychischen Tiefpunkt angelangt. Die Reserven der Firma schienen ausgeschöpft. Es war an der Zeit, das kuriose Musikhaus zu beenden.

Er unterbreitete mir ein Angebot, um vorzeitig meinen Mietvertrag zu beenden. »Schön, Sie wollen vorzeitig aus Ihrem Mietvertrag raus, ich mache Ihnen jetzt ein faires Angebot. Sie zahlen mir eine sechsstellige Summe in bar aus. Ich brauche keine Quittung, rein privat.«

Erstarrt saß ich in meinem Bürosessel,

schloss für einen kurzen Moment die Augen und sah eine Unmenge an Geldscheinen, die brennend vom Himmel fielen. Das würde ich im Leben nicht schaffen. Ich hatte schon alle meine privaten Lebensversicherungen für die letzten zwei Jahre vorzeitig gekündigt und in die Firma gesteckt, um das kuriose Haus aufrechtzuerhalten. Jetzt sollte ich zusätzlich über einhunderttausend Euro in bar aufbringen?

Erneut durchlebte ich schweißtreibende, schlaflose Nächte.

Mir blieb noch eine letzte Möglichkeit, nämlich meine allerletzte Lebensversicherung vorzeitig aufzulösen, um dem Hausbesitzer das Geld privat auszuzahlen.

Am Abend machten wir eine Personalkonferenz mit allen Mitarbeitern. Ich erklärte ihnen, dass die Firma bis zum Ende des nächsten Monats ausziehen muss. Erstaunt bemerkte ich, dass Absprachen unter den Mitarbeitern stattfanden.

»Denken Sie daran, unsere Entschädigungen rechtzeitig auszuzahlen«, schallte es durch den Raum.

»Wem eine Abfindung zusteht, der bekommt sie ausgezahlt«, antwortete ich spontan.

Schon nach drei Tagen lagen Briefe von Rechtsanwälten auf meinem Bürotisch. Abfindungsforderungen der langjährigen Angestellten in schwindelerregenden Höhen. Das war das Ende meines Lebenswerkes. Ich schloss meine Augen und sah ein schreckliches Szenarium. Ein sinkendes Schiff, bei dem nur noch der Hauptmast aus dem Meer ragte.

Am nächsten Tag ging ich zum Amtsgericht und stellte zwangsläufig einen Insolvenzantrag für das kuriose Musikhaus.

Danksagungen

Nur durch die gute Zusammenarbeit mit meiner geduldigen Lektorin Jenny F. Schneider aus Berlin ist es mir gelungen, meine Kurzgeschichten zu Papier zu bringen.

An dieser Stelle möchte ich mich auch bei Julia Witulski, Webdesignerin aus Berlin, für ihre hervorragende Arbeit beim Erstellen des Covers bedanken.

Besonderen Dank verdient an dieser Stelle auch meine Ehefrau Ruth für ihre außerordentliche Geduld.

Dank auch an die Schriftstellerin Ingeborg Middendorf, die mich bestärkt hat, meine Erlebnisse aufzuschreiben.

Und nicht zu vergessen der unbekannte Taxifahrer aus Hannover, der den Stein ins Rollen brachte.

Frank Drehmel im Oktober 2015

Der Autor:
Frank Drehmel
geboren 1955 in Berlin,
musikalisch aktiv seit dem 8. Lebensjahr,
gelernter Musikkaufmann, Pianist, Schlagzeuger, Komponist und Texter

Musikhaus „KURIOS" ist seine erste Buchveröffentlichung